AF459347

BIBLIOTHÈQUE DES ÉCOLES PRIMAIRES. — 2e SÉRIE. N. 9.

PETITE MORALE EN ACTION.

Prix, broché, 4 sous ; cartonné, 5 sous.

A PARIS,
CHEZ L. HACHETTE,
LIBRAIRE DE L'UNIVERSITÉ ROYALE DE FRANCE,
Rue Pierre-Sarrazin, 12.

1836.

PARIS. IMPRIMERIE DE POUSSIELGUE, RUE DU CROISSANT-MONTMARTRE, 12.

PETITE

MORALE EN ACTION.

PIÉTÉ.

1. Une femme japonaise avait un rang distingué à la cour d'un roi qui d'abord favorisa les chrétiens, et ensuite les persécuta. Alors tous ceux qui s'étaient faits chrétiens ou changèrent de croyance ou cachèrent leurs sentiments. Cette femme eut le courage de se glorifier des siens, et d'exposer pour eux sa fortune et sa vie. Elle parut un jour en public un chapelet au cou; le roi indigné lui témoigna sa colère. « Seigneur, lui dit-elle, je suis parée de vos bienfaits, car ce chapelet est un présent que vous avez daigné me faire, et de tous vos dons c'est celui qui me sera toujours le plus précieux.

2. En 1602, un autre roi du Japon, décidé à abolir le christianisme dans ses états, fit la recherche la plus rigoureuse de ceux qui l'avaient embrassé. Taquenda, Japonais distingué par ses vertus, son rang et sa fortune, était chrétien, et eut le noble courage d'épargner aux délateurs le soin de le dénoncer : il confessa publiquement sa croyance, et le gouverneur de sa province reçut ordre du roi de lui faire trancher la tête. Ce gouverneur aimait Taquenda, et tenta tous les moyens

que l'estime et la compassion purent lui suggérer pour le sauver, en cherchant à en obtenir quelques signes équivoques de respect pour les idoles. Mais Taquenda fut également insensible aux séductions de l'amitié et aux séductions du pouvoir. Enfin, pour dernière ressource, le gouverneur imagina de parler à Taquenda en présence de sa mère et de sa femme; il savait que Taquenda avait pour cette dernière, qui était d'une rare beauté, la tendresse la plus vive. Mais ses sollicitations furent inutiles. La mère et la femme du Japonais, loin de chercher à affaiblir sa résolution, l'y affermirent. Taquenda fut conduit à la mort. Sa mère et sa femme eurent le courage de l'accompagner. Avant de recevoir le coup mortel il les embrassa tendrement, et livra sa tête aux bourreaux avec une douceur et une résignation égales à son inébranlable fermeté. Le lendemain la mère et la femme de cet illustre martyr furent condamnées au supplice de la croix, et subirent cette peine avec l'héroïsme dont Taquenda leur avait donné l'exemple.

3. Feuillet, célèbre prédicateur du temps de Louis XIV, regardait Monsieur, frère du roi, faire collation en carême. Monsieur, en sortant de table, lui montra un petit biscuit qu'il prit encore sur la table en disant : « Ce n'est pas rompre le jeûne, n'est-il pas vrai ? » Feuillet lui répondit : « Mangez un veau et soyez chrétien. »

4. Philippe IV, roi d'Espagne, commença son règne par une action de piété mémorable. Le jour même de la mort de Philippe III, son père, allant du palais de Madrid au monastère de San Jeronimo Passo, dans un carrosse fermé pour passer incog-

ito, il en descendit pour accompagner le saint Sa-
crement que l'on portait à un malade. Le comte d'Olivarès lui ayant remontré que la mort du roi son père ne lui permettait pas de paraître en public, il lui répondit : « Comte, cet usage ne saurait me dispenser de rendre à Dieu l'honneur que je lui dois. »

5. Charles II, fils et successeur du roi précédent, en se rendant à l'église, trouva un pauvre sur son passage, auquel il jeta, sans que personne s'en aperçût, une croix de diamants qu'il portait au cou. Quand il fut arrivé à l'église, ses courtisans s'étant aperçus que le roi n'avait plus sa croix, s'écrièrent qu'on l'avait volée. Le pauvre qui suivait, répliqua à haute voix : « Voilà la croix du roi; c'est sa majesté qui me l'a donnée. » Le roi l'avoua. On ne jugea pas à propos de laisser au pauvre cette croix, qui faisait partie des pierreries de la couronne; mais il fut décidé dans le conseil que, de quelque manière que le roi fît ses dons, ils devaient être sacrés. En conséquence, la croix ayant été estimée douze mille écus, on les donna au pauvre.

AMOUR DE LA PATRIE.

1. Bayard, blessé à mort au mois d'avril 1524, dans un combat contre les Espagnols, se fit descendre au pied d'un arbre et voulut qu'on lui tournât le visage du côté de l'ennemi. Les yeux fixés sur la croix de son épée, il répéta plusieurs fois le premier verset du *Miserere*. Le connétable de Bourbon, qui avait abandonné les drapeaux de son pays et qui commandait alors l'armée espagnole, passa dans ce lieu, et reconnut Bayard. Il se sou-

vint de l'ancienne amitié qu'il avait eue pour lui; et l'idée de sa patrie se réveillant dans son âme, il ne put retenir ses larmes. « Ah ! Bayard, lui dit-il que j'ai pitié de vous voir en une si triste situation ! » — « Ce n'est pas moi qu'il faut plaindre, répliqua Bayard. Je meurs en homme de bien « pour le service de mon pays et de mon roi. « Vous êtes plus digne de pitié que moi. Vous êtes « prince du sang de France, et je vous vois armé « contre votre roi, vos amis, votre patrie, votre « serment, votre honneur et contre vos propres in- « térêts. »

2. En 1590, le parti de la ligue en Languedoc demanda des troupes au roi d'Espagne. A la nouvelle du débarquement de ces troupes, Barry de Saint-Aunez, gouverneur pour Henri IV à Leucate, en partit pour communiquer un projet au duc de Montmorency, commandant de la province. Il fut pris en chemin par les ligueurs, qui marchèrent aussitôt avec les Espagnols vers Leucate, persuadés que la ville, privée de son gouverneur, ouvrirait aussitôt ses portes, ou du moins ne tiendrait pas long-temps. Mais Constance de Cezelli, femme de Barry de Saint-Aunez, après avoir rassemblé la garnison et les habitants, et leur avoir représenté leurs devoirs et leur honneur, se mit si fièrement à leur tête, une pique à la main, qu'elle inspira du courage aux plus faibles. Les assiégeants furent repoussés partout où ils se présentèrent. Désespérés de cet échec, ils envoyèrent dire à l'héroïque femme que, si elle continuait à se défendre, ils allaient faire pendre son mari. « J'ai des biens considérables, répondit-elle les larmes aux yeux; je les ai offerts et je les offre encore pour sa

rançon; mais je ne rachèterai point par une lâcheté une vie qu'il me reprocherait et dont il aurait honte de jouir; je ne le déshonorerai point par une trahison envers ma patrie et mon roi. » Les assiégeants, après avoir tenté une nouvelle attaque qui ne leur réussit pas moins que les autres, firent mourir Barry et levèrent le siége. La garnison voulut user de représailles sur le seigneur Loupian, qui était du parti de la ligue et qui avait été fait prisonnier; mais la généreuse Constance de Cezelli s'y opposa. Henri IV lui envoya le brevet de gouvernante de Leucate avec la survivance pour son fils.

3. Le Lacédémonien Pédarète, n'ayant pas été admis au nombre des trois cents citoyens qui composaient le sénat de Sparte, se retira joyeux, et remercia les dieux de ce que sa patrie avait trois cents citoyens qui valaient mieux que lui.

4. Camille, banni de Rome (360 ans avant Jésus-Christ) malgré ses services, par des citoyens ingrats, n'imita pas la coupable vengeance de Coriolan. Il se retira à Ardée, petite ville voisine, priant les dieux que ses concitoyens n'eussent jamais besoin de lui. Quand il apprit quelque temps après la prise de Rome par les Gaulois, oubliant l'injure qu'il avait reçue, il ne songea qu'à donner du secours à sa patrie; mais, toujours soumis aux lois de son pays, il n'osa lever des troupes sans avoir été rappelé et créé dictateur par le petit nombre de Romains qui avaient pu se réfugier au Capitole. On sait avec quel courage et quel bonheur il chassa les Gaulois. C'est ainsi que ce grand homme goûta le plaisir si doux de sauver une ville ingrate et d'être le restaurateur de ces murs d'où il avait été injustement banni.

5. La ville de Calais, assiégée en 1346 par Edouard III, roi d'Angleterre, nous fournit l'un des plus beaux exemples du patriotisme français. Edouard venait de réduire la ville par famine le 3 août 1347. Ce prince, irrité d'avoir vu périr la fleur de son armée devant cette ville, qui l'avait arrêté un an entier, refusa d'abord d'accorder des conditions favorables aux habitants. Il prétendait recevoir les uns à rançon et faire périr les autres. Cependant, sur les représentations de ses généraux, qui craignaient avec raison qu'une telle conduite n'autorisât les Français à user de représailles, le monarque anglais voulut bien se contenter de six victimes qui lui seraient présentées nu-tête et la corde au cou. Lorsque Mauny vint de la part d'Edouard annoncer aux habitants de Calais la dernière volonté du vainqueur, le gouverneur le pria de rester afin d'assister à la déclaration qu'il allait faire de cette volonté devant le peuple. Tous les habitants, assemblés sur la place, attendaient la réponse d'Edouard avec cette inquiétude que donnent la crainte de la mort et l'espérance de la vie. Dès que l'ordre eut été publié un morne silence annonça la stupeur des assistants. Ils se regardaient en frissonnant, cherchant avec effroi ces six victimes du salut public, qu'ils désespéraient de rencontrer. Ce long silence fut interrompu par des cris entrecoupés de sanglots, de gémissements et de pleurs. Mauny, témoin d'un spectacle si touchant, ne put retenir les larmes qui coulaient abondamment de ses yeux. Cependant le peu de temps accordé s'écoulait, il fallait se décider. Eustache de Saint-Pierre se leva courageusement au milieu de cette foule de citoyens désolés, et se

proposa comme la première victime. A peine eut-il cessé de parler que tous ses concitoyens, émus de la plus vive reconnaissance, se prosternèrent à ses pieds en les arrosant de leurs larmes. Jean Daire, imitant le courage héroïque de son cousin, voulut partager l'honneur de mourir pour la patrie, et vint se ranger auprès de lui. Les frères Jacques et Pierre Vissant, parents de ces généreux citoyens, se dévouèrent également. Le gouverneur, qui, appesanti par l'âge et les infirmités, pouvait à peine se soutenir, monta à cheval et les conduisit jusqu'à la porte de la ville. Là il les remit entre les mains de Mauny, en le priant d'intercéder pour eux auprès de son roi. Ils parurent devant Edouard, et lui présentèrent les clés de la ville. Leur magnanimité inspira de l'admiration et de la pitié aux seigneurs anglais qui environnaient le roi. Ce prince resta seul inflexible; il jeta sur eux un regard sévère, et ordonna qu'on les conduisît au supplice. Le prince de Galles embrassa en vain ses genoux et s'efforça de le fléchir, il fut inexorable. Eustache de Saint-Pierre et ses compagnons allaient perdre la vie et Edouard flétrir ses lauriers si son épouse n'eût fait un dernier effort pour l'apaiser, le conjurant par les motifs les plus puissants de l'honneur, de l'humanité et de la religion de ne pas souiller sa victoire. « Ah! madame, s'écria-t-il après un moment de silence, j'aimerais mieux que vous fussiez autre part qu'ici; vous me priez si instamment que je ne puis vous éconduire. Je les abandonne à votre discrétion. » Aussitôt la reine les emmena dans son appartement, leur fit donner des habits et les renvoya honorablement.

6. La petite ville de Picerno, dans la Basilicate,

province du royaume de Naples, ayant été attaquée par un parti ennemi, barricada ses portes, et, grâce à sa position favorable, parvint plusieurs fois à éloigner les assaillants. Quelques jours après des troupes plus nombreuses vinrent de nouveau assiéger la ville, et les habitants furent obligés de combattre du haut des murs. Au bout d'un certain temps le plomb manqua. Le peuple fut convoqué pour prendre une résolution. On décida qu'on fondrait les tuyaux d'orgue des églises, puis les plombs des fenêtres, et en dernier lieu les ustensiles domestiques et les instruments de pharmacie. Par ces moyens on se procura une grande quantité de plomb. On avait aussi de la poudre en abondance. Les prêtres excitaient à une courageuse résistance dans les églises et dans les places. Les vieillards et les enfants déployaient dans le combat toutes les forces que comportait la faiblesse des uns et des autres. Les femmes prenaient soin des blessés, et plusieurs d'entre elles, habillées en hommes, combattaient à côté de leurs maris et de leurs frères, donnant le change à l'ennemi, moins par leur déguisement que par leur valeur. Tant de courage eut sa récompense : la ville fut sauvée.

AMOUR FILIAL.

1. Après la lecture d'une lettre d'Antipater qui contenait beaucoup de plaintes contre Olympias, mère d'Alexandre-le-Grand, ce prince s'écria : « Antipater ne sait pas qu'une seule larme de ma mère peut effacer tout cela. »

2. Manlius Torquatus, qui se distingua plus

ard à la tête des armées romaines, paraissait dans sa jeunesse imbécile et stupide. Son père, le voyant peu propre aux emplois de la république, l'avait relégué à la campagne. Les tribuns prirent de là occasion de l'accuser de cruauté envers son fils. Le jeune homme, ayant appris le danger de son père, vint secrètement à Rome ; et, cachant un poignard sous sa robe, il se rendit chez l'accusateur de son père. L'ayant trouvé seul, il tire son poignard et le lui appuyant sur le sein, « Tu es mort, dit-il, si tu ne jures de te désister de ta poursuite contre mon père. » Le tribun effrayé jura ce qu'on voulut, et le jeune Manlius retourna à la campagne.

3. Une femme japonaise était restée veuve avec trois garçons, et ne subsistait que de leur travail. Quoique le prix de cette subsistance fût peu considérable, cependant les travaux de ces jeunes gens ne suffisaient pas toujours pour y subvenir. Le spectacle d'une mère qu'ils chérissaient, en proie au besoin, leur fit un jour concevoir la plus étrange résolution. On avait publié depuis peu que quiconque livrerait à la justice le voleur de certains effets recevrait une somme assez considérable. Les trois frères convinrent entre eux qu'un des trois passera pour le voleur, et que les deux autres le livreront au juge. Ils tirent au sort pour savoir qui sera la victime de l'amour filial, et le sort tombe sur le plus jeune, qui se laisse livrer et conduire comme un criminel. Le magistrat l'interroge : il avoue son prétendu vol, on l'envoie en prison, et ceux qui l'ont livré reçoivent la récompense promise. Leur cœur s'attendrit alors sur le danger de leur frère ; ils trouvent le moyen

d'entrer dans la prison, et, croyant n'être vus de personne, ils l'embrassent tendrement et l'arrosent de leurs larmes. Le magistrat, qui les aperçoit par hasard, surpris d'un tel spectacle, donne commission à un de ses gens de suivre les deux délateurs. Il lui enjoint expressément de ne pas les perdre de vue qu'il n'ait découvert le moyen d'éclaircir un fait si singulier. Le domestique s'acquitte parfaitement de sa commission, et rapporte qu'ayant vu entrer ces deux jeunes gens dans une maison il s'en était approché et les avait entendus raconter ce que l'on vient de lire; que la pauvre femme à ce récit avait jeté des cris lamentables, et qu'elle avait ordonné à ses enfants de reporter l'argent qu'on leur avait donné, disant qu'elle aimait mieux mourir de faim que de se conserver la vie au prix de celle de son cher fils. Le magistrat, pouvant à peine concevoir ce prodige de piété filiale, fait venir aussitôt son prisonnier, l'interroge de nouveau sur ses prétendus vols, le menace même du plus cruel supplice; mais le jeune homme, tout occupé de sa tendresse pour sa mère, reste immobile. Le magistrat, pénétré d'une action si héroïque, embrasse le jeune homme et va aussitôt faire son rapport. Le prince, saisi d'admiration à ce récit, voulut voir les trois frères, les combla de caresses et assigna une pension à cette pauvre famille.

4. Louis, fils de Gilbert comte de Montpensier, créé par Charles VIII vice-roi de Naples, ayant appris la mort de son père en 1496, s'abandonna aux transports de la plus violente douleur. Quelque temps après, s'étant rendu à Pouzzoles, où le vice-roi était inhumé, il fit faire dans l'église de cette

ville un magnifique service et ensuite lever la tombe qui couvrait le cercueil de son père. Il le regarda d'abord avec une grande agitation; et versant ensuite un torrent de larmes il se jeta sur ce cadavre, l'embrassa et expira suffoqué par la douleur.

5. Atys, fils de Crésus, roi de Lydie, était muet de naissance; voyant un soldat lever le sabre pour tuer son père, il fit un si grand effort qu'il rompit les liens qui retenaient sa langue captive, et s'écria : « Arrête barbare, épargne mon père. »

6. La princesse Amélie d'Angleterre succomba en 1811 à une longue et douloureuse maladie. Cette perte eut de funestes conséquences. Adorée de toute sa famille, recevant de tout le monde les plus tendres soins, sensible surtout à l'attachement du roi son père, et voulant lui laisser un gage de sa tendresse, elle envoya chercher un joaillier, et fit devant elle monter en bague une boucle de ses cheveux, avec cette inscription : *Souvenez-vous de moi quand je ne serai plus*. Prenant cet anneau, elle le plaça elle-même au doigt paternel. Mais cette épreuve fut trop forte pour un cœur déchiré depuis si long-temps de l'état de sa fille, et dès le soir même, pendant que la princesse expirait, le roi Georges III tomba dans un accès de folie, dont il ne revint plus.

7. Après la bataille d'Actium, qui donna à Octave l'empire du monde, le vainqueur fit la revue des prisonniers; Métellus, un de ses plus cruels ennemis, était du nombre. Quoique la misère et le chagrin l'eussent défiguré, son fils, qui servait dans

l'armée d'Octave le reconnut, et courut se jeter dans ses bras. Se retournant ensuite les larmes aux yeux vers Octave, il lui dit : « Mon père a été votre ennemi, et il mérite la mort ; mais je vous ai servi fidèlement, et je mérite une récompense pour prix de mes services ; accordez la vie à mon père et faites-moi mourir à sa place. » Octave, touché de la piété filiale du jeune Métellus, pardonna à son père.

AMOUR FRATERNEL.

1. Trois sages renommés sous le règne de l'empereur chinois Han-Ou-On-Ti étaient frères et vivaient ensemble dans un village. Un jour que l'aîné et le plus jeune allaient à la ville pour quelques emplettes, ils furent surpris par la nuit et tombèrent entre les mains des voleurs, qui, après leur avoir pris leur argent, voulaient leur ôter la vie. Kiang-Houg (c'était l'aîné), se jetant à leurs pieds, les conjura d'épargner son jeune frère, parce que leur père et leur mère touchaient à la vieillesse, et qu'ils avaient besoin de lui pour les servir. Kiang-Kiang (c'était le plus jeune) les suppliait de son côté de faire grâce à son frère, parce qu'il gouvernait leur maison ; qu'il était aussi cher qu'utile à ses parents, qu'il était même capable de rendre des services à l'empire ; au lieu que lui n'était encore qu'un enfant, et moins utile ; il s'offrait de mourir pour le sauver. Les voleurs, touchés de ce combat de générosité et d'amour fraternel, les laissèrent aller tous les deux.

2. L'empereur romain Auguste, ayant fait prisonnier Andiatorigès avec sa femme et ses enfants,

les conduisit à Rome en triomphe, et ordonna qu'on fît mourir le père avec l'aîné des deux fils. Les bourreaux, chargés de cette triste mission, demandaient quel était l'aîné des deux frères. Alors tous deux affirmèrent en même temps : « Je suis le plus âgé ; c'est moi qu'il faut tuer. » L'un et l'autre voulaient mutuellement se conserver la vie. Ce pieux combat ayant duré long-temps, l'aîné, qui se nommait Dyetentus, se laissa vaincre par les instances et par les larmes de sa mère, qui espérait tirer de lui plus de secours, et consentit en sanglottant à la mort de son jeune frère. Cet exemple singulier d'un amour aussi tendre entre deux frères fut admiré même des ennemis de cette famille infortunée ; car Auguste, l'ayant appris, ne se contenta pas de verser des larmes stériles sur cette cruelle action dont il était l'auteur ; il fit venir le généreux frère auprès de lui, le combla d'honneurs ainsi que sa mère, et répara autant qu'il était en lui la barbarie de ses ordres.

RECONNAISSANCE.

1. Voici une preuve que les bons traitements même envers les animaux peuvent avoir tôt ou tard leur récompense. Un soldat de Pondichéry, qui avait coutume de porter à un éléphant une certaine quantité d'arac chaque fois qu'il touchait sa solde, ayant un jour bu plus que de raison, et se voyant poursuivi par la garde qui voulait le conduire en prison, se réfugia sous l'éléphant et s'y endormit. Ce fut en vain que la garde tenta de l'arracher de cet asile ; l'éléphant le défendit avec sa trompe. Le lendemain le soldat, revenu de son ivresse, fré-

mit à son réveil de se voir couché sous un anim: d'une grosseur si énorme. L'éléphant, qui san doute s'aperçut de son effroi, le caressa avec s trompe pour le rassurer, et le soldat put quitte sa retraite sain et sauf.

2. Ouen-Kong, empereur de la Chine, croyai non seulement devoir une vive et tendre reconnaissance aux maîtres qui avaient éclairé sa première jeunesse, mais aussi toutes les démonstrations de déférence et de respect. Un jour qu'i passait devant la porte d'un de ses gouverneurs, et qu'il faisait selon sa coutume une profonde révérence, une des personnes qui l'accompagnaient parut étonnée : « C'est un hommage, dit le prince, que je rends à un homme qui est grand par son mérite personnel ; et moi je ne le suis encore que par les terres que je possède. Mais que ne dois-je pas au sage qui a su m'enseigner les moyens de m'élever jusqu'à lui, et d'acquérir la véritable grandeur, qui ne se trouve que dans la vertu ! »

3. Dans un spectacle qui se donnait à Rome, on faisait combattre des criminels contre des bêtes féroces. Parmi les plus terribles de ces animaux on remarquait surtout un lion dont la grosseur énorme, les rugissements, la crinière flottante, les yeux flamboyants inspiraient en même temps l'admiration et l'effroi. Ce lion s'arrête en face du malheureux qu'on lui avait destiné pour victime, et tout à coup, quittant sa fierté naturelle, il s'approche de lui avec un air de douceur, remuant la queue comme les chiens qui flattent leurs maîtres ; il le joint, il lui lèche affectueusement les mains et les jambes. L'homme caressé par ce furieux animal revient peu à peu de sa frayeur ; il reprend ses

esprits; il considère attentivement le lion, et, le reconnaissant, il le caresse à son tour avec des transports de joie auxquels l'animal répondait à sa manière. Un événement si merveilleux causa une satisfaction et une surprise infinies à toute l'assemblée : on applaudit, on battit des mains, et l'empereur lui-même, qui était présent, se fit amener l'homme épargné par le lion, et lui demanda qui il était, et par quel charme il avait désarmé ce terrible animal. « Je suis esclave, répondit-il, et mon nom est Androclès. Dans le temps que mon maître était proconsul d'Afrique, me voyant traité par lui avec toute sorte de rigueur et d'inhumanité, je pris la fuite ; et, comme tout le pays lui obéissait, pour me dérober à ses poursuites je m'enfonçai dans les déserts de la Libye, résolu, si je n'y trouvais pas ma subsistance, de chercher la mort par la voie la plus prompte. Au milieu des sables, dans la plus grande chaleur du jour, j'aperçus un antre, où j'allai me mettre à l'abri des ardeurs du soleil. Il n'y avait pas long-temps que j'y étais lorsque je vis arriver ce même lion, dont la douceur à mon égard vous étonne, poussant des cris plaintifs qui me firent juger qu'il était blessé. Cet antre était sa demeure. Je m'y cachai dans l'endroit le plus obscur, tremblant et croyant être au dernier moment de ma vie ; il me découvrit et vint à moi, non pas menaçant, mais comme implorant mon aide, et levant son pied malade pour me le montrer. Il lui était entré sous le pied une grosse épine que j'arrachai, et m'enhardissant par la patience avec laquelle il souffrait l'opération je pressai les chairs pour en faire sortir le pus ; j'essuyai la plaie, je la nettoyai le mieux qu'il me fut possible et la mis en état de se cicatriser. Le lion soulagé se coucha, laissant son pied entre mes mains, et s'endormit. Depuis ce jour, pendant trois ans, j'ai vécu avec lui dans le même antre et de la même nourriture. Il allait à la chasse, et m'apportait régulièrement quelques quartiers des bêtes qu'il avait prises ou tuées. J'exposais cette viande au soleil, n'ayant point de feu pour la faire cuire. Je me lassai enfin d'une vie si sauvage, et, pendant que le lion était sorti pour la chasse, je m'éloignai de l'antre. Mais à peine avais-je fait trois journées de chemin que je fus reconnu par des soldats qui m'arrêtèrent; et j'ai été transféré d'Afrique à Rome pour être livré à mon maître. Condamné par lui à périr, j'attendais la mort sur l'arène. Je comprends que le lion a été pris peu de temps après que je me suis séparé de lui; et, me retrouvant, il m'a payé le salaire de l'utile opération par laquelle je l'avais autrefois guéri. » Ce récit courut à l'instant toute l'assemblée, qui demanda à grands cris la vie et la liberté pour Androclès. Elles lui furent accordées; de plus, on lui fit présent du lion, qui ne démentit jamais son attachement pour son bienfaiteur, et qui se laissait conduire comme un chien partout où il lui plaisait de le mener.

4. Hérode Agrippa, n'étant encore que simple particulier, fut arrêté sur de faux soupçons et conduit à Rome par ordre de l'empereur Tibère, qui le fit attacher au tronc d'un arbre en face de son palais. C'était en été. La chaleur lui causait une soif ardente, lorsque Thaumastès, esclave de Caligula, vint à passer avec un vase plein d'eau fraîche. Il le pria de lui donner à boire, et l'esclave l'ayant fait avec plaisir, il lui promit de l'en récom-

penser un jour. Quelque temps après, Tibère mourut et Caligula monta sur le trône. Agrippa, qui n'avait été mis en prison qu'en haine de Caligula qui l'aimait, fut aussitôt rendu à la liberté et reçut de ce prince le titre de roi de Judée. A sa prière l'empereur affranchit Thaumastès. Agrippa le mit au nombre de ses amis et de ses ministres, et lorsqu'il mourut il pria dans son testament sa femme et ses enfants de lui conserver le même poste auprès d'eux.

PROBITÉ.

1. Faluère, qui fut plus tard premier président du parlement de Bretagne, n'étant encore que conseiller, avait été nommé rapporteur d'une affaire. Il en laissa l'examen à des personnes qu'il croyait d'aussi bonne foi que lui ; et, sur l'extrait qui lui en fut remis, il rapporta le procès. Quelques mois après le jugement, il reconnut que sa trop grande confiance et sa précipitation avaient dépouillé une famille honnête et pauvre des seuls biens qui lui restaient. Il ne se dissimula point sa faute ; mais ne pouvant faire rétracter l'arrêt qui avait été signifié et exécuté, il employa tous les moyens pour retrouver les malheureuses victimes de sa négligence. Il y réussit, et ne craignit pas de leur avouer la faute dont il se sentait coupable. Il les força ensuite d'accepter de ses propres deniers la somme qu'il leur avait fait perdre involontairement.

2. Fabius, surnommé *Cunctator* (qui temporise), avait fait avec Annibal, général carthaginois, un traité pour le rachat des prisonniers. Il était con-

venu par ce traité qu'on rendrait homme pour homme, et que celui qui après l'échange se trouverait encore avoir des prisonniers les rendrait tous pour cent vingt-cinq livres chacun. L'échange fait, il se trouva qu'Annibal avait encore deux cent quarante-sept Romains. Le sénat refusa d'envoyer leur rançon, et fit de grandes plaintes de Fabius, lui reprochant d'avoir proposé de racheter des hommes qui, ayant les armes à la main, avaient été assez lâches pour se laisser prendre par l'ennemi. Fabius, informé du refus du sénat, souffrit cet affront en silence; mais se trouvant sans argent et ne pouvant se résoudre ni à manquer de parole, ni à abandonner ses concitoyens, il envoya son fils Quintus Fabius à Rome, avec ordre de vendre ses terres et de lui en apporter le prix. Quintus remplit les instructions de son père et lui apporta la valeur de ses terres. Fabius envoya aussitôt à Annibal la somme dont il était convenu, et délivra les prisonniers. La plupart voulurent le rembourser dans la suite, mais il ne voulut jamais rien recevoir.

BONNE FOI.

1. S. Louis, roi de France, ayant été fait prisonnier par les Sarrazins, était convenu de leur payer deux cent mille livres pour sa rançon. Philippe de Montfort, chargé de la délivrance de cette somme, ayant eu l'adresse de tromper les Sarrasins de dix mille livres, le dit au roi. Louis en parut indigné; il reprit aigrement le comte de Montfort de cette fourberie, et lui ordonna de la réparer à l'instant. Il ajouta, malgré le danger où

sa vie était à chaque moment exposée, qu'il ne partirait pas que les deux cent mille livres qu'il avait promises ne fussent entièrement payées.

2. Jean, roi de France, avait été fait prisonnier par les Anglais à la bataille de Poitiers (1356), et conduit à Londres. Il n'obtint sa liberté qu'à des conditions très dures. Il devait payer une forte rançon et fut obligé de laisser son fils en otage. Le jeune prince, s'ennuyant de sa captivité, s'échappa furtivement et revint en France. A cette nouvelle, le roi prit la résolution de retourner se constituer prisonnier à Londres, répondant à toutes les objections de son conseil que si la bonne foi était bannie du reste du monde il fallait qu'on la retrouvât dans la bouche des rois.

3. Une réputation de bonne foi reçoit tôt ou tard sa récompense. Métellus, surnommé le Numidique, fut accusé de concussion et de rapine dans l'exercice de sa charge de préteur. L'accusateur exigea qu'il produisît ses registres; mais toute l'assemblée rendit alors un témoignage éclatant à la vertu de Métellus; personne ne voulut examiner ses registres, et chacun détourna les yeux, croyant commettre une injustice en doutant de l'intégrité de Métellus.

DÉSINTÉRESSEMENT.

1. S. Louis, roi de France, revenant de la Palestine, débarqua aux îles d'Hières, après dix semaines de la navigation la plus périlleuse. L'abbé de Clugny envoya deux chevaux au roi qui en manquait, et obtint une audience qui fut fort longue. Sur-

quoi le sire de Joinville, l'un des plus fidèles et des plus sincères amis du bon roi, dit en plaisantant : « N'est-il pas vrai, sire, que le présent du moine a contribué à le faire écouter si longuement ? » Le prince avoua qu'il en pouvait bien être quelque chose. « Jugez donc, sire, ce que feront les gens de votre conseil si votre majesté ne leur défend pas de rien prendre de ceux qui auront affaire par devant vous ; car, comme vous voyez, on en écoute toujours plus volontiers. »

2. Curius Dentatus, l'un de ces grands citoyens de l'ancienne république romaine, qui se faisaient gloire de la pauvreté, avait remporté une victoire importante sur les Sabins, vers l'année 275 avant Jésus-Christ. Le sénat, pour prix de ses exploits, lui assigna une portion de terre plus considérable que celle qu'on avait coutume d'accorder aux vieux soldats ; mais Curius refusa cette faveur et se contenta du partage commun, ajoutant que celui qui voulait posséder plus de terres que les autres était un mauvais citoyen.

3. Les députés des Samnites vinrent le trouver après une bataille qu'il avait gagnée sur eux, et lui offrirent de riches présents. Curius mangeait alors des raves auprès de son foyer. Il se retourna vers les députés et leur dit : « Pour faire de pareils repas je n'ai pas besoin de tant de richesses. » D'autres prétendent qu'il leur répondit : « J'aime mieux commander à ceux qui ont de l'or que d'en avoir moi-même. »

4. Le désintéressement de Turenne égalait la douceur de ses mœurs. Un officier-général vint un jour lui proposer un moyen de gagner quatre

cent mille livres dans quinze jours, sans que la cour pût jamais en avoir aucune connaissance. Il lui répondit avec autant de simplicité que de noblesse : « Je vous suis fort obligé ; mais, comme j'ai souvent trouvé de semblables occasions sans en avoir jamais profité, je ne crois pas devoir changer de conduite à mon âge. »

5. A peu près vers la même époque, les habitants d'une grande ville lui offrirent cent mille écus pourvu qu'il voulût bien se détourner de son chemin, et ne pas faire passer ses troupes chez eux. Il leur répondit : « Comme votre ville n'est pas sur la route par où j'ai résolu de faire marcher l'armée, je ne puis prendre l'argent que vous m'offrez. »

6. Louis XIV avait accordé à Duguay-Trouin, le premier marin de son temps, une pension de mille livres sur le trésor royal. Duguay-Trouin écrivit au ministre pour le prier de faire donner cette pension à Saint-Auban, son capitaine en second, qui avait eu une cuisse emportée à l'abordage du Cumberland, et qui avait plus besoin d'une pension que lui. « Je suis trop récompensé, ajouta-t-il, si j'obtiens l'avancement de mes officiers. »

7. On offrait en Chine, à un gouverneur de province, de superbes chevaux et des vases d'or d'un grand prix : Je ne fais pas plus de cas, répondit-il, d'un cheval que d'un mouton ; je ne trouverais pas le riz meilleur dans cette vaisselle d'or ; de plus, je ne suis point envoyé ici pour prendre des richesses, mais pour vous les conserver. »

8. Chilon, philosophe lacédémonien et l'un des

sept sages de la Grèce, disait qu'il valait mieux perdre que de gagner par des voies honteuses; on se console bientôt d'une perte, ajoutait-il, mais les remords du crime nous suivent toujours.

TEMPÉRANCE.

1. Agésilas, roi de Sparte, ne se traitait pas mieux que ceux avec lesquels il vivait. Il évitait de satisfaire complétement son appétit. Il commandait au sommeil et ne s'y livrait qu'autant de temps que les affaires le lui permettaient. Il ne portait jamais, même pendant les plus grands froids, qu'un seul vêtement. Lorsqu'il était sous les tentes avec les soldats, il n'avait pas un meilleur lit qu'eux et disait continuellement : « Un prince ne doit pas l'emporter sur les particuliers par la mollesse et par les délices, mais par le courage et la tempérance. » Il aurait fallu dire aussi, et par la sagesse; elle comprend toutes les vertus d'un prince.

2. Qu'il est beau de savoir réprimer ses désirs, même les plus naturels et les plus innocents, lorsque la vertu l'exige, ou quand il faut donner aux faibles un exemple qui les confonde! Caton d'Utique marchait à la tête de son armée au milieu des sables arides de la Lybie. Tous les soldats, brûlés du soleil et abattus par la fatigue, étaient dévorés d'une soif ardente. L'un d'eux trouva avec peine un peu d'eau et la porta dans son casque à son général; mais Caton aurait rougi de boire seul quand toute son armée périssait de soif. Pour donner du courage à tout le monde il répandit cette eau sur la terre, et par cet exemple il donna à ses soldats la seule consolation qui dépendait de

lui. Quelques gouttes d'eau eussènt à peine étanché la soif d'un seul : cette eau répandue leur rendit à tous la soif plus aisée à supporter.

AMITIÉ.

1. Pendant qu'on faisait le procès au duc de Montmorency, qui avait pris les armes contre le roi Louis XIII, Duchâtelet, son ami, sollicita en sa faveur d'une manière fine et ingénieuse, qui fit honneur à son esprit et à son cœur, et qui fut applaudie de toute la cour. Chaque fois que les grands imploraient la clémence du roi en faveur de l'infortuné Montmorency, Duchâtelet mêlait ses supplications à leurs prières, et ses regards parlaient quand il n'osait parler lui-même. Un jour le roi le vit dans cet embarras. « Je pense, dit le prince, que M. Duchâtelet voudrait avoir perdu un bras pour sauver M. de Montmorency. » « Je voudrais en avoir perdu deux inutiles à votre service, répondit le courageux ami, et en sauver un qui vous a gagné des batailles et qui vous en gagnerait encore. »

2. Antipater, roi de Macédoine, exigeait de Phocion l'athénien quelque chose d'injuste. « Prince, lui répondit Phocion, vous ne pouvez pas m'avoir en même temps pour flatteur et pour ami. »

3. Alexandre-le-Grand écrivit un jour au même Athénien, qu'il ne se regarderait plus comme son ami, s'il continuait de refuser ses présents.

4. Châteauneuf, garde-des-sceaux sous Louis XIII, soupçonné de quelque intrigue contre

l'état, fut arrêté. Le chevalier de Jars, son ami intime et son confident, fut mis à la Bastille, et on s'efforça de tirer de lui les secrets de són ami. On chercha d'abord à l'éblouir par de belles promesses ; mais ce moyen n'ayant pu réussir, on employa pour le faire parler la crainte de la mort; on lui fit son procès comme à un coupable, et les juges, à qui l'on assura qu'on lui accorderait sa grâce sur l'échafaud, le condamnèrent à mort. Le chevalier de Jars fut conduit au supplice. Sa constance ne se démentit point dans cet affreux moment : il semblait au contraire souffrir la mort avec satisfaction pour soutenir l'innocence de son ami. Quelques questions qu'on lui fît, il observa un profond silence, qu'il rompait seulement pour attester le zèle et la fidélité de Châteauneuf. Monté sur l'échafaud et n'attendant plus que le coup mortel, le chevalier entend crier *grâce, grâce!* Alors un juge s'approche, et lui faisant valoir la clémence du roi, l'exhorte à lui révéler les desseins coupables de Châteauneuf. « Je vois, lui dit le chevalier, votre bas et criminel artifice ; vous prétendez tirer avantage de la frayeur que le péril de la mort peut m'avoir causée.... connaissez mieux vos gens ; je suis aussi maître de moi-même que je l'ai jamais été. M. de Châteauneuf est un fort honnête homme, qui a bien servi le roi. » Richelieu, auteur de la disgrâce de Châteauneuf, eut souhaité sans doute au milieu de sa fortune d'avoir un pareil ami.

5. Mead, médecin anglais, se distingua par un trait d'amitié bien rare. Freind, son ami et premier médecin de la reine d'Angleterre, avait assisté au parlement en 1722 comme député du bourg de

Lanceston, et avait attaqué vivement le ministère. Cette conduite ayant indisposé la cour, on suscita à Freind une accusation de haute trahison, et il fut enfermé au mois de mars dans la tour de Londres. Environ six mois après, le ministre tomba malade, et envoya chercher Mead, qui, après s'être mis au fait de la maladie, dit au malade qu'il répondait de la guérison, mais qu'il ne lui donnerait pas seulement un verre d'eau que Freind son ami ne fût sorti de la tour. Le ministre, quelques jours après, voyant sa maladie s'aggraver, fit supplier le roi d'accorder la liberté à M. Freind. L'ordre expédié, le malade crut que Mead allait dire ce qui couvenait à son état; mais ce médecin persista dans sa résolution, jusqu'à ce que son ami eût été rendu à sa famille. Après cet élargissement Mead traita le ministre, et lui procura en peu de temps une guérison parfaite. Le soir même il porta à Freind environ cinq mille guinées qu'il avait reçues pour ses honoraires en traitant les malades de son ami pendant sa détention, et l'obligea à recevoir cette somme, quoiqu'il eût pu la retenir légitimement puisqu'elle était le fruit de ses peines.

6. Quelqu'un souffrait impatiemment d'être repris par son ami, et pour cette raison voulait rompre avec lui : « Songez, lui dit Caton le Censeur, vieux Romain plein de sens, songez qu'on ne hait pas l'abeille à cause de son aiguillon et qu'on la conserve à cause de son miel.

7. Damon et Pythias, célèbres philosophes grecs, étaient unis l'un à l'autre par les liens de l'amitié la plus parfaite. Damon fut condamné à mort par Denys, tyran de Syracuse. Il en obtint la permis-

sion d'aller régler ses affaires domestiques dans sa patrie, à condition que son ami se mettrait à sa place et lui servirait de caution. Le jour marqué pour le retour étant arrivé sans qu'on vît paraître Damon, chacun blâmait la confiance imprudente de Pythias, qui répondit : « Je ne suis que trop sûr que Damon reviendra et qu'il m'enlevera la gloire de mourir pour lui. » En effet Damon fut exact à sa parole ; mais Denys, plein d'admiration pour l'action extraordinaire de Pythias, fit grâce à Damon et conjura les deux philosophes de l'admettre en tiers dans leur amitié.

8. Laurent de Médicis, qui gouverna long-temps avec gloire la république de Florence (1492), se proposait toujours de se faire des amis de ses ennemis même, et il disait souvent que le moyen le plus sûr d'être bien servi c'était d'obtenir la bienveillance de ceux qui nous avaient été le plus contraires. Philippe de Valori lui présenta un jour un Florentin nommé Giacomini Thebalducci, qui avait conspiré plusieurs fois contre la vie du prince, et le pria de lui rendre ses bonnes grâces. Laurent lui dit avec bonté : « Philippe, je ne vous aurais aucune obligation si c'eût été un ami que vous m'eussiez recommandé ; mais je ne puis trop vous remercier de m'avoir procuré un ami dans la personne de Giacomini, autrefois mon ennemi ; je vous prie de me rendre souvent de pareils services. »

FIDÉLITÉ.

1. Sous le règne de Charles V, roi de France, un voyageur nommé Aubry de Montdidier, passant seul dans la forêt de Bondy, fut assassiné et

enterré au pied d'un arbre. Son chien resta plusieurs jours sur la fosse, et ne la quitta que pressé par la faim. Il vient à Paris chez un intime ami du malheureux Aubry, et par ses tristes hurlements semble lui annoncer la perte qu'il a faite. Après avoir mangé il recommence ses cris, va à la porte, tourne la tête pour voir si on le suit, revient à cet ami de son maître, le tire par l'habit, comme pour l'inviter à le suivre. La singularité des mouvements de ce chien, l'absence inexplicable de son maître éveillèrent l'attention. On suivit le chien ; dès qu'il fut au pied de l'arbre il redoubla ses cris en grattant la terre. On fouilla l'endroit désigné, et l'on découvrit le corps du malheureux Aubry. Quelque temps après, ce chien aperçut par hasard l'assassin, que tous les historiens nomment le chevalier Macaire ; il lui sauta à la gorge, et on eut bien de la peine à lui faire lâcher prise. Chaque fois qu'il le rencontre il l'attaque et le poursuit avec la même fureur. L'acharnement de ce chien naturellement doux commence à paraître extraordinaire; on se rappelle l'attachement qu'il avait toujours témoigné pour son maître ; on se rappelle également plusieurs occasions où le chevalier Macaire avait donné des preuves de haine à Aubry de Montdidier. Quelques autres circonstances augmentèrent encore les soupçons. Le roi, instruit par le bruit public, fait venir le chien, qui reste tranquille jusqu'au moment où apercevant Macaire au milieu d'une vingtaine de courtisans il tourne, aboie et cherche à se jeter sur lui. A cette époque, on ordonnait le combat entre l'accusateur et l'accusé, lorsque les preuves du crime n'étaient pas évidentes ; on nommait ces sortes de combats *jugements de Dieu* parce qu'on était convaincu que le ciel aurait plutôt fait un miracle que de laisser succomber l'innocence. Le roi, frappé de tous les indices qui se réunissaient contre Macaire, jugea qu'il y avait lieu d'ordonner le combat. Le champ clos fut marqué dans l'île Notre-Dame, qui n'était pas alors comme aujourd'hui couverte de maisons. Macaire était armé d'un gros bâton; le chien avait pour sa retraite un tonneau défoncé. On le lâche : aussitôt il court, tourne autour de son adversaire, évite ses coups, le menace tantôt d'un côté, tantôt d'un autre, le fatigue et enfin s'élance, le saisit à la gorge et le force de faire l'aveu de son crime en présence du roi et de toute la cour.

La mémoire de cet événement et d'une fidélité si extraordinaire méritait d'être transmise à la postérité. Un monument placé sur la cheminée de la grande salle du château de Montargis en rappelait le souvenir.

2. Mævius, centurion de l'armée d'Auguste, ayant été pris, fut conduit à Antoine, qui lui demanda quel traitement il voulait qu'on lui fît. « Fais-moi mourir, lui répondit Mævius, car ni la crainte ni la reconnaissance ne pourront jamais m'engager à quitter le parti d'Auguste pour embrasser le tien. »

3. Après la mort d'Henri IV, Sully, allant au Louvre, rencontra Bassompière qui avait une suite nombreuse. Sully veut exhorter cette troupe à jurer qu'ils seront fidèles au jeune roi Louis XIII, et qu'ils se sacrifieront pour venger la mort de celui qu'ils viennent de perdre. « Monsieur, lui répondit

Bassompière, c'est nous qui faisons faire ce serment aux autres, et nous n'avons pas besoin d'exhortation en une chose à quoi nous sommes si obligés. »

4. Le prince Eugène ayant surpris Crémone, où les Français avaient une garnison, deux régiments irlandais, qui étaient au service de France, se distinguèrent par une vigoureuse résistance. Ils défendirent constamment une des portes de la ville contre douze cents hommes, quoiqu'ils ne fussent guère que quatre cents. Le prince Eugène ne trouva pas de meilleur expédient que de tenter la fidélité de ces deux braves régiments. Il leur envoya donc un officier nommé Macdonal, qui étant Irlandais pouvait mieux les persuader qu'un autre. Macdonal, instruit par le prince sur la manière dont il devait s'y prendre pour gagner ses compatriotes, s'avance entre les combattants, et demande s'il ne lui serait pas permis de faire quelques propositions. On lui répond qu'il le peut faire librement. Tout à coup le combat cesse. Les deux partis, attentifs à ce qui se passe, ont les yeux fixés sur Macdonal. « Mes compatriotes, dit-il aux officiers irlandais, S. A. S. monseigneur le prince Eugène de Savoie m'envoie ici pour vous annoncer que, si vous voulez changer de parti et passer dans celui de l'empereur, il vous promet une paie plus forte et des pensions plus considérables que celles que vous avez en France. L'affection que j'ai pour tous mes compatriotes en général, et pour vous, messieurs, en particulier, m'oblige de vous exhorter à accepter les offres que le général de l'empereur vous fait; car, si vous les refusez, je ne vois pas comment vous pourrez échapper à une perte certaine. Nous

sommes maîtres de toute la ville à l'exception du point que vous occupez; c'est pourquoi S. A. n'attend que mon retour pour vous attaquer avec la plus grande partie de ses forces, et pour vous tailler en pièces si vous rejetez ses offres. » « Monsieur, répondit un des officiers irlandais, si S. A. n'attend que votre retour pour nous attaquer et nous tailler en pièces, il y a apparence qu'elle ne le fera de long-temps; car nous allons pourvoir à ce que vous ne retourniez pas sitôt; pour cet effet, ajouta-t-il, je vous arrête prisonnier, ne vous regardant plus comme le député d'un grand général, mais comme un suborneur. C'est par cette conduite que nous voulons mériter l'estime du prince qui vous a envoyé, et non par une lâcheté et une trahison indignes de gens d'honneur. »

5. Bayard s'était fait par son intrépidité une telle réputation que le roi d'Angleterre Henri VIII lui envoya secrètement proposer d'entrer à son service avec promesse de le combler de biens et d'honneurs. Mais Bayard lui répondit : « Je n'ai qu'un maître au ciel, qui est Dieu; un maître sur la terre, qui est le roi de France : je n'en servirai jamais d'autres. »

MODESTIE.

1. Quelques pêcheurs de l'île de Cos ayant jeté leurs filets dans la mer, des étrangers qui passaient achetèrent le poisson qui se trouvait pris, avant même que les filets fussent tirés; mais au lieu de poisson, il s'y trouva un trépied d'or. Il y eut entre les pêcheurs et les étrangers une grande contestation à qui aurait le trépied; l'oracle les

mit d'accord en déclarant qu'il fallait le donner au plus sage de la Grèce. On l'envoya à Thalès de Milet, qui était alors en grande réputation ; Thalès, aussi modeste que sage, le renvoya à Bias; Bias à un autre, et ainsi de main en main; il revint à Thalès, qui le consacra à Thèbes dans le temple d'Apollon. Grand et rare exemple de la modestie des sages du paganisme!

2. Théano, femme de Pythagore, célèbre philosophe grec, était pleine de science, de modestie et de vertu. Un jour qu'on lui demandait comment une femme pouvait acquérir de la célébrité, elle répondit : « En faisant des tissus de laine ou de soie, et en prenant soin de son ménage. »

3. Après la bataille des Dunes que Turenne gagna, quoique le prince de Condé commandât l'armée ennemie, le vainqueur écrivit à sa femme le billet suivant : « Les ennemis sont venus à nous; ils ont été battus. Dieu en soit loué. J'ai un peu fatigué toute la journée; je vous donne le bon soir et je vais me coucher. » On ne sait ce qu'on doit admirer le plus de la victoire ou de la manière modeste dont Turenne l'annonce à sa femme.

4. Un flatteur croyant qu'Alphonse V, roi d'Aragon, était fort curieux de louanges, le complimenta un jour sur sa noblesse, et lui dit avec emphase : « Vous n'êtes pas roi comme les autres; vous êtes encore frère, neveu et fils de roi. » « Que prouvent tous ces titres, lui répondit Alphonse? que je tiens la couronne de mes ancêtres et que je l'ai eue par succession sans avoir rien fait de grand qui me l'ait méritée. » Cette modestie est d'autant plus louable qu'Alphonse, surnom-

mé avec raison le Magnanime, honora toujours le trône par ses grandes actions.

ÉQUITÉ.

1. Alphonse V, surnommé le Sage et le Magnanime, fils et successeur de Ferdinand-le-Juste, roi d'Aragon et de Sicile, aimait à pratiquer la plus belle vertu des rois, la justice. La ville de Naples avait résolu de lui ériger un arc de triomphe magnifique, afin de conserver à la postérité la mémoire d'un si grand prince. Déjà la place était marquée, et l'on se disposait à abattre pour l'agrandir la maison d'un vieil officier qui avait servi avec distinction pendant toute la guerre d'Italie. Alphonse en ayant été informé défendit absolument qu'on touchât à cette maison. « J'aime mieux, dit-il, me passer d'une masse de pierre et d'un vain monument que de souffrir qu'on détruise le dernier asile d'un officier qui m'a toujours bien servi. »

2. Lorsqu'Alexandre-le-Grand, roi de Macédoine, rendait la justice, il avait coutume pendant que l'accusateur parlait de se boucher une oreille avec la main; et comme on lui en demandait la raison : « C'est, dit-il, que je garde l'autre pour l'accusé. »

3. Aristide l'athénien reçut de ses concitoyens le beau surnom de *juste*. Les deux traits suivants serviront à prouver qu'il en était digne. Il avait à juger un différend entre deux particuliers; l'un d'eux rapportait fort au long les injures que son adversaire s'était permises contre Aristide, afin

d'irriter son juge contre lui; mais Aristide l'interrompit : « Laissons-là, lui dit-il, les outrages dont votre ennemi m'a accablé; parlons de ceux que vous en avez reçus; je suis ici pour juger votre cause et non la mienne. »

4. Il accusait un jour un citoyen; les juges qui connaissaient sa vertu et son équité, ne voulurent seulement pas entendre la défense du coupable, et sur l'accusation seule d'Aristide ils se préparaient à le condamner; mais Aristide se jeta lui-même aux pieds des juges, les conjurant de ne pas passer par dessus les règles ordinaires, et de laisser à son ennemi la liberté de se défendre.

5. Henri IV, roi de France, répondit à quelqu'un qui lui demandait une chose injuste: « Je n'ai que deux yeux et deux pieds : en quoi serais-je différent du reste de mes sujets, si je perdais le beau privilége de rendre à tous bonne et exacte justice? »

6. Le même prince avait accordé au crédit et aux prières du maréchal de Bois-Dauphin la grâce d'un gentilhomme nommé Berthaut, qui avait été condamné par arrêt du parlement à perdre la tête. La cour, étant avertie que le coupable devait être arraché au supplice, députa le président de Thou pour remontrer au roi de quelle conséquence il était que l'arrêt fût exécuté. La remontrance du président fut faite devant le maréchal même. Le roi, touché des raisons dont se servit de Thou et des prières de Bois-Dauphin, parut d'abord embarrassé; puis s'adressant à ce dernier il lui dit : « Monsieur de Bois-Dauphin, n'est-ce pas l'amitié que vous avez pour Berthaut qui vous

détermine à me parler en sa faveur ? Oui, sire, lui répondit le maréchal. — Mais ne puis-je pas croire que vous avez pour moi autant d'amitié que pour lui ? — Ah ! sire, quelle comparaison ! répliqua Bois-Dauphin. — Eh bien ! continua le roi, laissons donc à la justice son libre cours, puisqu'en sauvant Berthaut vous me faites perdre mon ame et mon honneur. Je n'offense déjà Dieu que trop souvent, sans ajouter ce péché aux autres. » L'arrêt fut exécuté.

7. L'empereur romain Trajan, qui succéda à Nerva l'an de Jésus-Christ 97, prouva combien il aimait la justice. Un jour, en présence de tout le peuple, il donna une épée au préfet de Rome et lui dit : « Prends cette épée ; si je gouverne selon les lois de la justice, tu t'en serviras pour moi ; si je deviens un tyran, tu t'en serviras contre moi. »

8. Du temps que la république romaine florissait, un ami de Rutilius lui ayant demandé une chose injuste, Rutilius la lui refusa avec fermeté : « Si je ne puis rien obtenir de vous, reprit cet ami indigné, à quoi me servira donc votre amitié ?..... Et quel fruit retirerai-je de la vôtre, répondit vivement Rutilius, s'il faut la conserver aux dépens de la vertu et de la justice ! »

9. Le général thébain Pélopidas répondit à un calomniateur qui accusait un brave soldat d'avoir mal parlé de lui : « Je vois les actions de cet homme, et je n'ai point entendu ses paroles. »

10. Les Guises, tout puissants sous le règne du faible François II, avaient fait arrêter le prince de Condé et voulaient se débarrasser d'un rival trop redoutable. Ils imaginèrent de faire signer à toute

la cour l'arrêt de mort du prince. Trois hommes seulement eurent le courage de résister; c'étaient l'Hôpital, chancelier de France, un conseiller nommé Dumortier et le comte de Sancerre. Ce dernier, menacé par le roi lui-même, répondit : « Je sais mourir, mais non me déshonorer. »

11. Saladin, sultan d'Egypte, sut donner même aux chrétiens, tout Musulman qu'il était, de beaux exemples d'équité. Ses sujets abusaient souvent de sa facilité à se laisser aborder et l'importunaient à toute heure de leurs querelles et de leurs discussions particulières. Un jour après avoir travaillé toute la matinée avec ses ministres, il se retira pour aller prendre quelque repos. Un inconnu vint dans cet instant lui demander audience. Saladin lui dit de revenir le lendemain : « Mon affaire, lui répondit l'inconnu, ne souffre aucun délai. » Et il lui jeta son mémoire presqu'au visage. Le sultan le ramassa sans manifester la moindre émotion, le lut attentivement, trouva la demande juste, y fit droit, et se tournant vers ses officiers, qui paraissaient surpris de tant de bonté: « Cet homme, leur dit-il, ne m'a point offensé; je lui ai rendu justice, et j'ai fait mon devoir. »

12. Toutes les personnes sans distinction de rang, d'âge, de pays, de religion, trouvaient un accès libre auprès de lui; les Musulmans, les chrétiens, les nationaux, les étrangers, les pauvres, les riches, tous étaient admis à son tribunal et jugés selon les lois, ou plutôt selon l'équité naturelle. Son neveu Teki-Eddin ayant été attaqué en justice par un particulier, il le força de comparaître.

13. Le comte d'Anjou, frère de S. Louis, roi de France, ayant opprimé l'un de ses vassaux, celui-ci en appela au roi, qui manda son frère et lui adressa cette sévère remontrance : « Croyez-vous qu'il doive y avoir plus d'un souverain en France, ou que vous soyez au dessus des lois parce que vous êtes mon frère. »

LIBÉRALITÉ.

1. Charles XII, roi de Suède, était libéral jusqu'à la profusion; Grothusen, son favori et son trésorier, était le dispensateur de ses libéralités. C'était un homme qui, contre l'usage de ceux qui sont en place, aimait autant à donner que son maître. Il lui apporta un jour un compte de soixante mille écus en deux lignes : « Dix mille écus donnés aux Suédois et aux janissaires par les ordres généreux de S. M., et le reste mangé par moi. » « Voilà comme j'aime que mes amis me rendent leurs comptes, dit ce prince. Mullern me fait lire des pages entières pour des sommes de dix mille francs, j'aime mieux le style laconique de Grothusen. » Un de ses vieux serviteurs, soupçonné d'être un peu avare, se plaignait à lui de ce que sa majesté donnait tout à Grothusen. « Je ne donne de l'argent, répondit ce prince, qu'à ceux qui savent en faire usage. » Cette générosité le réduisit souvent à n'avoir pas de quoi donner ; plus d'économie dans ses libéralités eût été aussi honorable et plus utile mais c'était le défaut de ce prince de pousser à l'extrême toutes les vertus. »

2. Denys l'Ancien, roi de Syracuse, étant allé voir son fils, et remarquant dans sa maison une

grande quantité de vases d'or et d'argent : « Mon fils, dit-il, vous n'avez pas l'ame royale. Ces vases, dont je vous ai fait présent, ne devaient pas être employés à parer votre buffet, mais à vous faire des amis. »

3. Lamoignon de Malesherbes, qui s'immortalisa en osant défendre devant la Convention l'infortuné Louis XVI, ne mettait point de bornes à sa libéralité. Jamais il ne rebuta les malheureux qui s'adressaient à lui; il les plaignait, les encourageait et leur prodiguait tous les secours qui étaient en son pouvoir. Sa fortune ne pouvant toujours suffire à ses bienfaits, il avait ordonné à son intendant de ne lui donner par mois qu'une somme déterminée. Un jour qu'il venait de la recevoir, il apprend qu'une famille nombreuse est réduite à la plus extrême indigence; il lui donne à l'instant ce qu'il possède et se dérobe à ses bénédictions. Le lendemain, il redemande une somme pareille à son intendant, qui, connaissant la bonté de son maître, se permit quelques représentations : « Que vouliez-vous que je fisse, lui répliqua Malesherbes, ils étaient si malheureux ! »

4. Un jeune peintre, arrivé à Modène et manquant de tout, pria un pauvre artisan de lui trouver un gîte à peu de frais ou pour l'amour de Dieu. L'artisan lui offrit la moitié du sien. On cherche en vain de l'ouvrage pour cet étranger; son hôte ne se décourage point, il le défraie et le console. Le peintre tombe malade, l'autre se lève plus matin et se couche plus tard pour gagner davantage, et fournir en conséquence aux besoins du malade, qui avait écrit à sa famille. L'artisan le veilla pendant tout le temps de sa maladie qui fut longue, et

pourvut à toutes les dépenses nécessaires. Quelques jours après la guérison, l'étranger reçut une somme assez considérable, et courut chez l'artisan pour le payer. « Non, monsieur, lui répondit son généreux bienfaiteur ; c'est une dette que vous avez contractée envers le premier honnête homme que vous trouverez dans l'infortune. Je devais ce bienfait à un autre, je viens de m'acquitter ; n'oubliez pas d'en faire autant dès que l'occasion s'en présentera. »

5. Le duc de Larochefoucault avait des affaires très embarrassées ; Louis XIV le sut : « Que ne parlez-vous à vos amis ? » lui dit-il un jour en le rencontrant ; et le soir même il lui fit compter cinquante mille écus.

6. Molière venait de donner l'aumône à un pauvre : un instant après, le pauvre court après lui et lui dit : « Monsieur, vous n'aviez peut-être pas dessein de me donner un louis d'or, je viens vous le rendre. » « Tiens, mon ami, dit Molière, en voilà un autre. »

BONTÉ.

1. On ne saurait répéter trop souvent le mot admirable de l'empereur romain Titus. Etant un soir à souper avec ses amis, il se ressouvint que ce jour-là il n'avait fait de bien à personne, et pénétré de douleur il s'écria : « Mes amis, ce jour est perdu pour moi. »

2. Un moineau fuyant la serre cruelle d'un épervier vint se jeter entre les bras de Xénocrate, philosophe grec, célèbre par la douceur de ses

mœurs. Le bon philosophe mit sous son manteau le petit oiseau encore tout tremblant, le réchauffa et dit en le caressant : « Il est innocent, il est faible ; il mérite bien mon secours. »

3. Turenne, l'un des plus grands capitaines du siècle de Louis XIV, si ce n'est le plus grand, vivait à Paris dans une extrême simplicité, semblable aux héros de l'ancienne Rome, qui ne se distinguaient par aucun éclat extérieur. Un jeune gentilhomme arrivé récemment de province, et qui ne connaissait pas Turenne, frappa un jour son cocher dans un embarras des rues de Paris. Un artisan sortit de sa boutique, un bâton à la main, en criant : « Comment on maltraite ainsi les gens de M. de Turenne ! » A ce nom, le jeune homme éperdu vint à la portière du carrosse faire des excuses au maréchal, qui dit en souriant : « Vous vous entendez fort bien, monsieur, à châtier les gens ; quand les miens feront des sottises trouvez bon que je vous les envoie. »

4. Il allait souvent entendre la messe à pied, et de là se promener seul sur les remparts, sans domestique et sans aucune marque de distinction. Un jour, dans sa promenade, il passa près d'une troupe d'ouvriers qui jouaient à la boule, et qui, sans le connaître, l'appelèrent pour juger un coup. Il prit sa canne et prononça après avoir mesuré les distances. Celui qu'il avait condamné lui dit des injures : le maréchal sourit, et, comme il allait mesurer une seconde fois, plusieurs officiers qui le cherchaient vinrent l'aborder. L'artisan demeura confus, et se jeta à ses genoux pour lui demander pardon. Turenne se contenta de répondre : « Mon

ami, vous aviez tort de croire que je voulusse vous tromper. »

5. Un protestant, qu'un revers de fortune avait entièrement ruiné, vint un jour se présenter au palais de M. de Villeneuve, évêque de Montpellier, disant qu'il avait une affaire importante à lui communiquer. Admis à son audience, il fait la peinture la plus touchante de son état de détresse. Le charitable prélat en est attendri et sonne aussitôt son valet de chambre; dès qu'il est arrivé, il le tire à part et lui ordonne d'aller prendre un rouleau de vingt-cinq louis dans le tiroir de son secrétaire. Le valet de chambre vit bien à quoi cette somme était destinée; et, comme il connaissait celui à qui son maître voulait la donner, il crut devoir lui dire avant d'obéir : « Monseigneur, c'est un protestant. —Et quand ce serait un Turc, reprit le prélat avec un ton de vivacité qui ne lui était pas ordinaire; ne suffit-il pas qu'il soit dans le malheur? Allez, et faites ce que je vous ai dit. » Il le fit en effet. Le protestant reçut les vingt-cinq louis et se retira bénissant la charité de l'évêque qui, tout en plaignant l'erreur d'un hérétique, n'avait pas oublié qu'il était homme et malheureux.

6. Un jour la duchesse de Bourgogne, encore fort jeune, voyant pendant le souper un officier qui était très laid, plaisanta beaucoup et très haut sur sa laideur. Louis XIV était présent. « Je le trouve, madame, dit-il encore plus haut, un des plus beaux hommes de mon royaume, car c'est un des plus braves. »

7. Un officier-général, homme un peu brusque et qui n'avait pas adouci son caractère à la cour

même de Louis XIV, avait perdu un bras dans une action et se plaignait au roi, qui l'avait pourtant récompensé. « Je voudrais avoir perdu aussi l'autre, dit-il, et ne plus servir votre majesté.— J'en serais bien fâché pour vous et pour moi » lui répondit le roi ; et ce discours fut suivi d'une grâce qu'il lui accorda.

8. Un des principaux officiers de Han-Ou-Ti, empereur de la Chine, fut chargé d'aller dans une province examiner le dommage causé par un affreux incendie. Cet officier s'appelait Ki-Ngan. Ayant rencontré sur la route plus de dix mille familles réduites à la plus effroyable misère, il prit sur lui de faire ouvrir les greniers publics et d'en distribuer les grains, comme s'il en avait reçu l'ordre de l'empereur; cette supposition d'ordre lui ayant fait encourir la peine de mort prononcée par les lois, Ki-Ngan de retour porta sa tête au pied du trône. « Vous seriez bien plus coupable, lui dit Han-Ou-Ti, de n'avoir pas secouru ces infortunés ; vous n'avez fait que prévenir la bonté de mon cœur : serais-je le père de mon peuple si je punissais celui qui lui a racheté la vie? »

9. En 1833 une vieille et pauvre femme se présente tout en larmes devant François Ier, empereur d'Autriche, qui alors était à Prague ; à peine peut-elle s'exprimer, les sanglots la suffoquaient. L'empereur l'encourage par de bonnes paroles, et obtient le récit des chagrins qui la tourmentent. C'était une musicienne ambulante. Sa vielle faisait toute sa fortune; mais qu'allait-elle donc devenir maintenant que sa vielle était brisée? il fallait cinq florins pour la remettre en état. Cinq florins! soupirait-elle, la somme est bien forte, et faute des réparations néces-

saires ma vielle reste inutile. Je ne gagne plus mon pain.— Qu'à cela ne tienne, dit l'empereur, et il déposa une somme d'argent dans la main de la musicienne. Celle-ci se retire en remerciant son auguste bienfaiteur, mais avant de parvenir à la porte elle a eu le temps de compter l'argent : Sire, dit-elle en se retournant, il y a dix florins, et il m'en faut cinq seulement; reprenez donc le reste. — Gardez le tout, ma bonne, car votre vielle peut encore se déranger, et je ne serai pas toujours là pour réparer le mal. »

10. Henri IV disait ordinairement à ceux qui s'étonnaient de ses bontés pour ses sujets, même les moins affectionnés à son service : « On prend plus de mouches avec une cuillerée de miel qu'avec un tonneau de vinaigre. »

CLÉMENCE.

1. On rapporte un trait de clémence fort remarquable de la part d'Aziz-Billah, second calife fatimite en Egypte. Un poète satirique ayant composé des vers injurieux contre son visir, dans lesquels il n'était pas épargné lui-même, le visir lui en porta plainte et lui demanda le châtiment de l'auteur. Aziz après avoir lu ces vers lui fit la réponse suivante : « Comme j'ai part avec vous à l'injure, je désire que vous preniez part avec moi au mérite du pardon que je lui accorde. »

2. L'empereur romain Trajan était doué de toutes les vertus qui font les grands hommes; il se distingua surtout par sa douceur et par sa clémence. Ses amis lui reprochaient même quelquefois sa trop grande bonté ; il leur répondait alors :

« L'empereur doit se comporter envers les particuliers comme il voudrait que l'empereur se comportât envers lui-même s'il était particulier.

3. La manière dont un autre empereur romain, Alexandre Sévère, se vengea d'un de ses ennemis, prouverait au besoin que la clémence n'est pas moins utile à celui qui la pratique qu'à celui qui en est l'objet. Un sénateur fort influent à Rome méditait une révolte et aspirait au souverain pouvoir. Il se mêlait dans toutes les affaires; il se rendait maître des décisions du sénat. Affable, honnête et doux envers tout le monde, il ne refusait à personne son secours ; il n'y avait aucune partie du gouvernement à laquelle ses soins ne s'étendissent. Sa vigilance et son zèle eussent été très utiles si le motif en eût été meilleur. L'empereur fut informé de ses desseins; et, pour ne pas perdre un homme estimable d'ailleurs, il le punit d'une manière toute nouvelle. Il le manda, et après l'avoir remercié des soins qu'il prenait pour le gouvernement de l'état, il le conduisit au sénat ; il le déclara publiquement son associé à l'empire; il le fit loger dans son palais et revêtir des ornements impériaux ; il le pria de l'accompagner dans un voyage qu'il avait à faire, et tandis qu'il marchait lui-même à pied il voulut que son nouveau collègue allât à cheval; enfin, après l'avoir comblé d'honneurs il le renvoya bien corrigé.

GRANDEUR D'AME.

1. Charles XII, roi de Suède, montra de bonne heure qu'il était fait pour les grandes choses. Dès qu'il eut quelque connaissance de la langue latine,

on lui fit traduire Quint-Curce. Il prit pour ce livre un goût que le sujet lui inspirait beaucoup plus encore que le style. Celui qui lui expliquait cet auteur lui ayant demandé ce qu'il pensait d'Alexandre-le-Grand : « Je pense, dit le prince, que je voudrais lui ressembler. » Mais, lui dit-on, il n'a vécu que trente-deux ans. « Ah ! reprit-il, n'est-ce pas assez quand on a conquis des royaumes. »

2. Etant venu camper à Altranstad, près de Lutzen, champ de bataille fameux par la victoire et par la mort de Gustave-Adolphe, il alla voir la place où ce grand homme avait été tué. Quand on l'y eut conduit : « J'ai tâché, dit-il, de vivre comme lui ; Dieu m'accordera peut-être un jour une mort aussi glorieuse.

3. Montécuculli, général de l'armée des impériaux, se trouva presque toujours opposé à Turenne ; mais, si ces deux grands hommes étaient rivaux de gloire, ils savaient s'apprécier. Lorsque Montécuculli apprit la mort de Turenne il ne parut sensible qu'à la douleur d'une si grande perte et répéta souvent ces paroles mémorables : « Il est mort un homme qui faisait honneur à l'homme. »

4. Alexandre-le-Grand, roi de Macédoine, manifesta dès sa plus tendre jeunesse une noble fierté. Comme il était très léger à la course, son père lui conseilla d'aller aux jeux olympiques faire briller ce talent : « J'irais volontiers, mon père, dit-il, s'il fallait disputer le prix de la course à des rois. »

5. Une autre fois, son père lui demanda si lorsqu'il bâtirait un palais il ne voudrait pas l'orner

d'or, d'ambre et d'ivoire : « Point du tout, répondit-il, mais bien des dépouilles des ennemis. »

6. Mécontent d'un jeune homme qui avait un caractère timide et qui portait le même nom que lui : « Jeune homme, lui dit-il, change de nom ou de nature. »

7. Darius, roi des Perses, après avoir éprouvé dans deux batailles la valeur d'Alexandre lui fit offrir la partie de son royaume en deçà du mont Taurus et sa fille en mariage avec un million de talents ; sur quoi Parménion lui disait : « J'accepterais ces propositions si j'étais Alexandre. — Et moi, je les accepterais, répondit-il, si j'étais Parménion. »

8. Brissac, maréchal de France sous les rois François Ier et Henri II, s'était presque complétement ruiné au service de son pays. Il eût aisément rétabli sa fortune s'il eût voulu entrer dans les intrigues des Guises ; mais ce seigneur trouva qu'il acheterait trop cher leurs bienfaits s'il en coûtait quelque chose à son devoir ; et sur ce que ses confidents lui représentaient qu'il laisserait sa maison sans fortune : « Au moins, répondit-il, je lui laisserai ce qu'il a dépendu de moi de lui donner, de l'honneur et de bons exemples ; il ne me convient pas de rétablir mes affaires aux dépens de la France, moi qui ne me suis ruiné que pour la servir. »

9. Lorsque Louis XII, roi de France, fut monté sur le trône, quelques courtisans essayèrent d'animer son ressentiment contre ceux qui lui avaient été contraires lorsqu'il n'était que duc d'Orléans; ce fut alors qu'il fit cette admirable réponse:

« Ce n'est pas à un roi de France à venger les injures du duc d'Orléans. »

10. Un seigneur lui demanda la confiscation des biens d'un bourgeois d'Orléans qui avait autrefois montré beaucoup d'animosité contre lui : « Je n'étais pas son roi, répondit-il, lorsqu'il m'a offensé ; en le devenant je suis devenu son père : je suis obligé de lui pardonner. »

11. Il disait en parlant de Ferdinand-le-Catholique, qui ne se piquait pas de bonne foi : « Je ne veux pas lui ressembler, et j'aime beaucoup mieux avoir perdu un royaume que je saurai bien reconquérir, que non pas l'honneur qui ne se peut jamais recouvrer. »

12. Marguerite de Provence, reine de France et femme de S. Louis, se trouvait à Damiette lorsque son époux fut fait prisonnier. La ville assiégée par les infidèles était réduite aux dernières extrémités. La reine fit sortir de sa chambre tous ceux qui y étaient, à l'exception d'un vieux chevalier ; se jetant alors à ses genoux : « Sire chevalier, lui dit-elle, je vous conjure, sur la foi que vous m'avez donnée, de me couper la tête, si les Sarrasins prennent cette ville, avant que je puisse tomber entre leurs mains. — J'y songeais, répondit le vieux chevalier avec une naïveté sublime. »

13. Murat, beau-frère de Napoléon, fut placé par lui sur le trône de Naples; il donna pendant son règne un bel exemple de grandeur d'ame. Etant dans la Calabre avec une grande partie de l'armée napolitaine, il fut témoin de la désolation que le brigandage causait dans cette province. Les approvisionnements de l'armée étaient pillés sur

les grandes routes ; les soldats étaient attaqués et tués jusque dans les environs du camp. Un jour, dans les plaines de Palme, le roi rencontra dans son chemin des gendarmes qui conduisaient un homme garrotté, et ayant demandé qui il était : « Sire, dit le prisonnier en prévenant ses gardiens, je suis un brigand, mais je mérite votre indulgence, et vous demande ma grâce ; car tandis qu'hier V. M. gravissait les hauteurs de Scilla, et que j'étais embusqué derrière une roche, j'aurais pu vous tuer ; j'en eus la pensée, j'apprêtai mes armes et puis l'aspect royal de votre majesté me retint. Mais, si hier j'eusse tué le roi, aujourd'hui je ne serais pas prisonnier et si près de la mort. » Le roi lui fit grâce, et le brigand partit joyeux et libre : depuis ce jour il a vécu honorablement dans son pays.

14. On doit rappeler la grandeur d'ame avec laquelle Louis XIV vit approcher la mort, disant à madame de Maintenon : « J'avais cru qu'il était plus difficile de mourir ; » et à ses domestiques : « Pourquoi pleurez-vous ? m'avez-vous cru immortel ; » donnant tranquillement ses ordres sur beaucoup de choses, et même sur sa pompe funèbre. Le courage d'esprit avec lequel Louis XIV vit sa fin fut dépouillé de cette ostentation répandue sur toute sa vie. Ce courage alla jusqu'à avouer ses fautes.

15. D'Aguesseau, chancelier de France, venait de perdre une épouse tendrement aimée. Cependant à peine eut-il essuyé ses larmes qu'il se livra aux fonctions de sa place. On craignait que le poids des affaires joint à celui de l'affliction ne l'accablât : « Je me dois au public, disait-il, et il

n'est pas juste qu'il souffre de mes malheurs domestiques. »

AMOUR CONJUGAL.

1. Sous le règne de l'empereur romain Vespasien, le Gaulois Sabinus s'étant révolté contre l'empereur fut vaincu. Il pouvait aisément s'enfuir en Germanie, mais sa tendresse pour son épouse, la plus vertueuse et la plus accomplie de toutes les femmes, l'empêcha de prendre ce parti. Il connaissait une caverne profonde dont personne n'avait le secret ; il résolut de s'y cacher, et renvoya tous ses serviteurs comme s'il avait eu l'intention de se donner la mort. Il ne garda auprès de sa personne que deux affranchis sur la fidélité desquels il pouvait compter. De concert avec eux, il mit le feu à sa maison de campagne pour faire croire que son corps avait été consumé par les flammes, et, s'étant retiré dans sa caverne, il envoya un de ses deux serviteurs à sa femme pour lui annoncer qu'il n'était plus. Il savait quel rude coup ce serait pour sa tendresse, et il était convaincu que la douleur d'Eponine ajouterait encore à la vraisemblance de sa mort ; ce qui arriva en effet. Eponine désespérée s'abandonna aux cris, aux pleurs, aux gémissements, et passa dans cet état trois jours et trois nuits, refusant toute nourriture. Sabinus, instruit de sa situation, en craignit pour elle les suites et la fit avertir secrètement qu'il n'était pas mort, qu'il se tenait caché dans une sûre retraite, mais qu'il la priait de continuer les démonstrations de sa douleur pour entretenir une erreur qui lui était salutaire. Eponine joua parfaitement son rôle ; elle

allait visiter son mari pendant la nuit et reparaissait ensuite sans donner aucun soupçon d'un si étrange mystère. Peu à peu elle s'enhardit; ses absences furent plus longues; enfin elle s'enterra toute vive avec Sabinus. C'est dans ce triste séjour qu'elle devint mère de deux enfants; elle les nourrit de son lait. Au bout de neuf ans, Sabinus fut découvert; on le prit avec sa femme et ses enfants : tous furent conduits à Rome. Lorsqu'ils furent amenés devant l'empereur, Eponine lui parla avec courage, et lui montrant ses enfants : « César, lui dit-elle, j'ai mis au monde ces tristes fruits de notre disgrâce, et je les ai allaités dans l'horreur des ténèbres afin de pouvoir vous offrir un plus grand nombre de suppliants. » Vespasien, qui aurait dû être plus généreux, n'épargna que les enfants, et il envoya au supplice Eponine et Sabinus.

2. Après l'entreprise malheureuse du roi Jacques pour remonter sur le trône d'Angleterre, les seigneurs anglais qui avaient embrassé son parti furent condamnés à mort et exécutés le 16 mars 1716. Lord Nilhisdal devait subir le même sort; mais il se sauva par la tendresse ingénieuse de son épouse. On avait permis aux femmes de voir leurs maris, la veille de leur mort, pour leur faire les derniers adieux. Lady Nilhisdal entre dans la tour, appuyée sur deux femmes de chambre, un mouchoir devant les yeux, et dans l'attitude d'une femme désolée. Lorsqu'elle fut dans la prison, elle engagea son mari, qui était de même taille qu'elle, à changer d'habits et à sortir dans la même attitude qu'elle avait en entrant. Elle ajouta que son carrosse le conduirait au bord de la Tamise, où il trouverait un bateau qui le menerait sur un navire

près de faire voile pour la France. Le stratagème réussit parfaitement. Lord Nilhisdal disparut et arriva à trois heures du matin à Calais. En mettant pied à terre il s'écria : Vive Jésus ! me voilà sauvé. Ce transport le décela ; mais il n'était plus au pouvoir de ses ennemis. Le lendemain matin, on envoya un ministre pour préparer le prisonnier à la mort. Ce ministre fut étrangement surpris de trouver une femme au lieu d'un homme. La nouvelle s'en répandit à l'instant. Le lieutenant de la tour consulta la cour pour savoir ce qu'il devait faire de lady Nilhisdal ; il reçut ordre de la mettre en liberté, et elle alla rejoindre son mari en France.

AUSTÉRITÉ.

1. Le Scythe Anacharsis (540 ans avant Jésus-Christ) passe avec raison pour l'un des plus sages philosophes de l'antiquité. Il avait conservé, même parmi les Grecs chez lesquels il voyagea, les habitudes simples de son pays. Un jour Hannon, riche citoyen de Carthage, lui ayant annoncé qu'il avait l'intention d'aller le visiter pour lui porter de magnifiques présents, Anacharsis lui répondit en ce termes :

« Mon habillement est le même que celui dont « les Scythes ont l'habitude de se couvrir. La peau « de mes pieds, qui s'est endurcie à force de « marcher, me sert de souliers. Pour me reposer « et dormir il ne me faut pas de meilleur lit que la « terre, et la faim est le plus doux assaisonnement « de mes repas. Je mange ordinairement du lait « ou du fromage, et, quand cela se trouve, de la « viande. C'est pourquoi je t'avertis, si tu veux

« me venir voir et ne me point offenser, de donner « tes magnifiques présents à tes concitoyens ou « bien aux dieux immortels, et non pas à moi. « Adieu. »

2. Phocion d'Athènes, dont il faut d'autant plus admirer la vertu qu'il vivait dans un siècle de corruption, était d'une austérité rare. On ne le vit jamais ni rire, ni pleurer, ni se baigner dans les bains publics, ni avoir les mains hors de son manteau quand il était habillé. Quand il allait à la campagne ou qu'il était à l'armée, il marchait toujours pieds nus et sans manteau, à moins qu'il ne fît un froid excessif; de sorte que les soldats disaient en riant : « Voilà Phocion habillé; c'est signe d'un rude hiver. » Quoiqu'il fût d'un naturel fort doux, il avait le visage si austère que ceux qui ne le connaissaient pas auraient craint de se trouver seuls avec lui. Un jour que l'orateur Choris avait parlé des sourcils terribles de Phocion, les Athéniens s'étant mis à rire, Phocion prit la parole et leur dit : « Jamais ces sourcils ne vous ont fait aucun mal; mais les bons mots de ces rieurs vous ont souvent coûté bien des larmes. »

3. Julien, surnommé l'*Apostat* parcequ'il abandonna la religion chrétienne dans laquelle il avait été élevé, remplit du moins ses devoirs d'empereur avec un zèle austère (361 ans après Jésus-Christ). A l'exemple de Marc-Aurèle, il vivait en philosophe au milieu de sa cour et à la tête de ses armées. Ayant pour maxime ce mot du vieux Caton, qu'une ame occupée de la bonne chère s'occupe peu de ses devoirs, il avait absolument banni de sa table les faisans et les autres mets délicats et

recherchés. Il se contentait de la nourriture du simple soldat; quelquefois il la prenait debout, et même en si petite quantité qu'on disait qu'il vivait d'air comme les cigales. Il rougissait des besoins inséparables de l'humanité, jusqu'à dire qu'un philosophe n'aurait pas dû respirer. Il dormait peu et s'éveillait à l'heure qu'il voulait; son lit était un tapis et sa couverture une simple peau. Il se levait toujours à minuit, et après avoir fait secrètement sa prière à Mercure il travaillait aux affaires, allait visiter les sentinelles; sa ronde finie, si les affaires le permettaient il étudiait jusqu'au jour.

4. La maison du Romain Drusus était ouverte de plusieurs côtés, de manière que les voisins pouvaient voir ce qui s'y passait. Un architecte s'engagea à réparer ce défaut pour cinq mille écus: « Je vous en donnerai dix mille, répondit Drusus, si vous pouvez faire en sorte que ma maison soit ouverte de tous les côtés, et que, non seulement les voisins, mais encore tous les citoyens puissent voir ce qui s'y passe.

MÉPRIS DE LA MORT.

1. Thomas Morus, chancelier d'Angleterre, l'un des hommes les plus vertueux et les plus incorruptibles de son temps, avait refusé de reconnaître Henri VIII pour chef de l'église anglicane. Il fut condamné à avoir la tête tranchée: arrivé au pied de l'échafaud, il appela un homme et lui dit: « Mon cher ami, je vous ai appelé pour m'aider à monter, afin que vous puissiez vous vanter de m'avoir rendu le dernier service. » Ayant mis la tête sur le billot et s'apercevant que sa barbe, qui était

fort longue, était étendue de telle sorte que le bourreau l'aurait coupée en l'exécutant, il le pria de l'accommoder de façon qu'elle fût conservée. « Et d'où vient, lui répondit le bourreau, que vous vous mettez en peine de votre barbe, vous à qui l'on va couper la tête. » Cela m'importe fort peu, lui répliqua Thomas Morus; mais c'est pour toi que je parle; veux-tu être accusé de ne pas savoir ton métier, puisqu'on t'a ordonné de me couper la tête et non pas la barbe? »

2. Cercidas, citoyen de Mégalopolis, ville d'Arcadie, était dangereusement malade et sur le point de mourir. On lui demandait s'il n'avait point quelque regret de quitter la vie, « Non, répondit-il, j'attends au contraire avec impatience le moment où j'irai voir tant d'hommes illustres qui ont fait la gloire et l'admiration de la Grèce. »

3. Anne de Montmorency, connétable de France sous les rois François Ier, Henri II, François II et Charles IX, étant sur le point de mourir, un cordelier cherchait à le rassurer sur les frayeurs qu'inspire naturellement l'idée de la mort. Le connétable lui dit d'un ton fier et hardi : « Pensez-vous, mon père, qu'un homme qui a vécu quatre-vingts ans avec honneur n'ait pas appris à mourir un quart d'heure? »

4. Condamné à mort par le tribunal révolutionnaire avec sa fille et ses petits-enfants, Malesherbes entendit son jugement avec un calme impassible. Mais la condamnation de sa famille déchira cruellement son cœur. Toutefois il fit un effort sur lui-même, et recouvra peu à peu assez de force pour exhorter ses enfants à la résignation et leur

faire regarder la mort comme un bienfait qui allait les affranchir de toutes leurs souffrances. En traversant la cour de la Conciergerie pour aller au supplice, son pied heurta rudement une pierre : « Voilà ce qui s'appelle un mauvais présage, dit-il à son voisin; à ma place un Romain serait rentré. » Monté sur la fatale charrette, il s'entretenait avec sa famille sans être affecté des clameurs d'une populace aussi stupide que féroce. Il arriva enfin au lieu de l'exécution. Par un raffinement de cruauté, on voulut augmenter l'horreur de son supplice en faisant expirer ses enfants devant lui. Cette lente et douloureuse agonie ne lui arracha aucune plainte; il conserva tout son courage jusqu'au dernier moment, et reçut le coup fatal le 22 avril 1794, âgé de soixante-douze ans.

5. Cinq-Mars, grand écuyer et maréchal de France sous Louis XIII, avait osé conspirer contre le cardinal de Richelieu. Il succomba dans cette lutte, fut arrêté et condamné à mort. Il monta sur l'échafaud avec une fermeté et un courage admirables. Un archer lui voyant son chapeau sur la tête le lui ôta; mais Cinq-Mars, se retournant brusquement vers cet archer, lui arrache son chapeau, et le remet fièrement sur sa tête. Il ne voulut pas souffrir que le bourreau mît la main sur lui; il se coupa lui-même la moustache, et son confesseur lui coupa les cheveux. Il se promenait sur l'échafaud, la main gauche sur le côté, avec la même assurance que s'il n'eût point touché au dernier moment de sa vie. Il venait de se mettre à genoux auprès du billot pour essayer la posture qu'il devait tenir, le demandant au bourreau d'une voix ferme et sans paraître ému. Après avoir en-

core parlé quelques moments à son confesseur, sans vouloir permettre qu'on lui bandât les yeux, il se remit à genoux devant le billot, qu'il tint étroitement embrassé. « Suis-je bien? dit-il à l'exécuteur. » « Oui, monsieur, lui répondit celui-ci. » « Frappe donc, reprit Cinq-Mars. » D'un seul coup de hache le bourreau lui sépara la tête du corps.

RÉSIGNATION.

1. Guatimozin, empereur du Mexique, ayant été fait prisonnier par les Espagnols, fut chargé de fers et étendu sur des charbons ardents avec son favori. On voulait par ce supplice le forcer à déclarer où étaient ses trésors. Mais ce prince, au milieu des plus cruelles douleurs, garda toujours un profond silence, et ne poussa pas même un soupir. Son favori, moins ferme, jeta quelques cris; mais Guatimozin, le regardant fièrement, lui dit : « Et moi, crois-tu donc que je sois sur des roses? »

2. Philopémen, chef de la ligue achéenne et qui a mérité le surnom glorieux de dernier des Grecs, n'eut pas le bonheur de mourir sur un champ de bataille, quoiqu'il n'eût jamais épargné sa vie dans les nombreux combats qu'il livra. Sa fin fut douloureuse; mais il supporta sa destinée avec une résignation si vraie que Philopémen mourant dans un cachot n'est pas moins admirable que Philopémen vainqueur de tous les ennemis de sa patrie. En repoussant une attaque des Messéniens, qui avaient fait une invasion sur le territoire de Mégalopolis, il fut pris et conduit à Messène chargé de chaînes. Ses blessures l'avaient prodigieusement affaibli. On l'enferma dans un cachot qui ne rece-

vait ni air ni jour du dehors, et qui n'avait poin d'autre porte qu'une grosse pierre qu'on roulait à l'entrée. Le peuple demandait à grands cris la mort d'un prisonnier que ses ennemis même auraient dû respecter. Dès que la nuit fut venue Dinocrate premier magistrat de la ville, fit ouvrir le cacho et ordonna au bourreau d'y descendre pour porter le poison à Philopémen. Quand cet homme entra Philopémen était couché sur son manteau; i ne dormait pas, ses souffrances le privant de sommeil. Dès qu'il vit de la lumière et le bourreau près de lui, tenant sa lampe d'une main et la coupe de poison de l'autre, il se releva avec peine à cause de son extrême faiblesse; et prenant la coupe i demanda à l'exécuteur des nouvelles de ceux qu l'accompagnaient dans sa malheureuse expédition L'exécuteur lui répondit qu'il avait ouï dire qu'il s'étaient tous sauvés. Philopémen le remercia d'un signe de tête, et le regardant avec douceur, « Tu nous donnes là une bonne nouvelle, dit-il; nous ne sommes donc pas malheureux en tout. » Ce furen ses dernières paroles. Il avala ensuite tranquillement le poison et se recoucha sur son manteau il était si abattu et si faible que le poison opéra sur lui en un instant. (184 ans avant Jésus-Christ.

BRAVOURE.

1. Un soldat napolitain au service d'Espagne dans un régiment de dragons, abandonné par son détachement qui avait pris la fuite, tombe au milieu d'une petite troupe de cavaliers hongrois Perdu s'il reste à cheval, il descend, et, mettant le sabre à la main, il combat avec tant de bonheur e

de courage qu'il tue sept hommes, en blesse d'autres, met le reste en fuite, et, vainqueur de toute la troupe, ramasse leurs dépouilles : alors, couvert du sang ennemi et du sien, il retourne au camp des Espagnols et dépose aux pieds du comte de Gages, son général, sept uniformes ou armures. Toute l'armée le combla d'éloges, et le général lui donna deux cents écus d'or, que ce brave soldat distribua entre ses camarades, ne se réservant pour lui-même que le glorieux souvenir de ses exploits. Ce fait se passait en 1743, à l'extrême frontière du territoire des Abruzzes (royaume de Naples).

2. La guerre s'était allumée entre les Espagnols au service de Naples et les impériaux. Pendant toute l'année 1745 les succès furent balancés. Mais il fallait jeter un pont sur la Magra, rivière des environ de Gènes ; l'opération fut longue, parceque des pluies excessives avaient grossi cette rivière ; quand le pont fut achevé la violence du courant le mit en pièces. L'ennemi avançait ; les troupes espagnoles, acculées entre la rivière et lui, redoublèrent d'efforts comme la circonstance l'exigeait, et parvinrent à construire un autre pont, qu'ils traversaient au pas de course quand les impériaux arrivèrent et semèrent dans les derniers rangs la confusion et la mort. Enfin le reste des Espagnols atteignit l'autre rive en combattant, et alors les deux armées s'occupèrent de nouveaux soins et de nouvelles espérances. Les uns voulaient détruire le pont derrière eux, les autres voulaient le conserver pour passer sur l'autre bord, et des deux côtés on luttait avec des chances incertaines ; sur ces entrefaites un sergent uapolitain, d'une taille gigantesque et d'une force colossale, s'avance har-

diment sur le pont avec quatre de ses hommes, et tous ensemble, sous les yeux et les coups de l'ennemi, entament la charpente avec leurs haches; mais, comme ils travaillaient de haut en bas, et tournés du côté des impériaux, le plancher s'étant ouvert plus tôt qu'ils ne l'avaient calculé, nos cinq braves restèrent en face de l'ennemi pendant que le pont s'écroulait derrière eux, en sorte qu'on les croyait déjà morts ou faits prisonniers. Le sergent ne perdit pas courage, et, lançant sa hache avec ses armes sur la rive où étaient les Espagnols, se jeta dans le fleuve ; les autres suivirent son exemple, et tous regagnèrent leur camp à la nage, sans accident et couverts de gloire. Les soldats furent généreusement récompensés : ce sergent fut élevé par le roi au grade de capitaine.

3. A la bataille d'Ivry (14 mai 1590) Henri IV s'enfonça si avant dans un escadron de Wallons que pendant quelques instants on le crut mort. Biron, qui s'était tenu à la tête d'un corps de réserve, lui dit alors : « Ah! sire, cela n'est pas juste ; vous avez fait aujourd'hui ce que Biron devait faire, et il a fait ce que devait faire le roi.

4. Gustave-Adolphe, roi de Suède, avait été dangereusement blessé d'un coup de feu dans un combat contre les Polonais. Le chirurgien en visitant la plaie s'écria qu'il était impossible de retirer une balle qui avait pénétré si avant dans le corps. « Eh bien, dit tranquillement Gustave-Adolphe, qu'elle y reste, et qu'elle soit un monument d'une vie qui n'a point été passée dans l'oisiveté ni dans les délices. »

5. Après vingt batailles gagnées le même prince se retrouva en présence des impériaux dans

les champs de Lutzen. Il n'avait qu'un simple vêtement de buffle. La balle qui lui était restée dans l'épaule lui causait de grandes douleurs quand il était armé, et ne lui permettait pas de supporter une cuirasse. D'ailleurs il n'aimait pas les armures complètes; sa tête n'était couverte que d'un chapeau. Il parcourut le front des troupes en criant : « Chargez, chargez à la garde de Dieu! Jésus, Jésus, Jésus, aidez-moi aujourd'hui à combattre pour la gloire de votre saint nom! » L'infanterie suédoise souffrit d'abord beaucoup du feu des ennemis; mais dès qu'elle put les joindre elle mit en fuite un corps de mousquetaires auquel elle prit sept canons. Quelques escadrons ayant passé près de Gustave-Adolphe, il se mit à leur tête pour charger les cuirassiers impériaux, dont il fit plier la première ligne. Tandis qu'elle se rallie la seconde s'avance pour le charger à son tour. Les Suédois s'arrêtent, et leur roi, en criant au régiment de Steinbock de s'avancer et de le suivre, se précipite sur les escadrons tout frais de cuirassiers impériaux, sans s'apercevoir qu'il n'est suivi que du duc François-Albert de Saxe-Lawenbourg, d'un officier de ce duc et de deux palefreniers. En ce moment Gustave-Adolphe reçoit un coup de pistolet ou de mousquet, qui lui casse le bras gauche; sa cavalerie qui s'approche s'en aperçoit, et plusieurs cris : « Le roi est blessé ! » partent des premiers rangs. Le héros craint que ces paroles ne portent le découragement chez les siens; il se fait violence pour prendre un air riant et serein : « Ce n'est rien, dit-il, suivez-moi et chargez. » Mais en même temps il ajoute tout bas, en s'adressant en français au prince de Saxe-

Lawenbourg : « Mon cousin, j'en ai tout autant qu'il m'en faut ; je souffre une douleur extrême ; tâchez de me tirer d'ici. » Au même instant une balle lui traverse les reins entre les deux épaules ; il tombe de cheval en criant « Mon Dieu ! mon Dieu ! » Aussitôt la mêlée devient horrible ; les Suédois veulent arracher son corps aux ennemis qui le foulaient aux pieds de leurs chevaux. Enfin un colonel charge les impériaux avec tant de vigueur que les Suédois restent maîtres de ce corps inanimé, qu'ils ne reconnurent pas facilement, parcequ'il était confondu dans la foule des autres morts. (6 novembre 1632.)

6. Le 11 mars 1836 une affreuse tempête éclata non loin de l'embouchure de la petite rivière de l'Orne. Deux navires luttaient au large contre les flots et couraient le plus grand danger ; c'est à l'embouchure même de la rivière, au petit village d'Ouestreham que se tiennent les pilotes et les bateaux de secours. Il y en avait deux, le *Neptune* et l'*Amphitrite*, chacun ordinairement monté par vingt hommes. La mer était si affreuse que le *Neptune* refusa de bouger. Alors le patron de l'*Amphitrite*, Pierre Le Foulon, dit Mistain, se leva et dit à ses camarades : « Garçons, il y a là deux navires en péril ! qui veut me suivre et exposer sa vie pour les sauver ? » D'abord tous restèrent muets, montrant le *Neptune* qui ne bougeait point. Alors Mistain reprit avec énergie : « Quoi ! pas un bon garçon ! Allons ! allons ! qui me suit et qui nage ? — Moi, dit aussitôt François Vannier ; moi, dit Marie Trevot ; moi, moi, moi, dirent à leur tour Severin aîné, Severin jeune et Napoléon Moisson. Moi aussi, s'écria Jean Guillois,

qui n'est pas inscrit sur les classes, mais qui voulut comme les autres aller aux navires. Ils furent sept, et ce fut tout. Aussitôt à la vue de plus de cinquante de leurs camarades, qui les traitaient de téméraires, ces sept braves se jettent dans un sloop avec Mistain, qui les dirige vers le brick l'*Edouard*, dont le péril était le plus imminent. On les suit des yeux, on les voit qui rament, qui nagent, qui plongent; ils disparaissent, ils s'élancent, toutes les voix les soutiennent; tous les vœux les accompagnent; ils avaient vent debout et ne pouvaient louvoyer dans le chenal trop étroit. C'est alors que Mistain se détermina à passer sur un banc de sable qui pouvait l'ensevelir. La mer l'enlevait de trente pieds : Les lames le faisaient sauter comme une coque de noix, lui, sa barque et ses compagnons. Si une voile, une vergue, une amarre eût manqué, c'en était fait du sloop; il eût péri et les deux bricks l'eussent bientôt suivi. Enfin, après des efforts incroyables, on vit Mistain sauter sur le brick, s'emparer du gouvernail, et, luttant contre la tempête, il fit entrer le navire en rivière au bruit des bravos et des acclamations de tout un peuple assemblé sur la rive.

On voyait à bord du brick une jeune femme qui avait attaché sur son sein un enfant de six mois qu'elle allaitait, et qui, à genoux, en prière, attendait la mort au pied du grand mât. C'était la femme du capitaine. Elle avait excité l'intérêt général, et en la voyant sauvée on se félicitait on se rassurait; tout le monde voulait s'approcher d'elle et du brave Mistain, qui, au milieu des cris et de l'admiration, souriait doucement comme en un jour de fête. Le second brick l'*Édouard* ne fut sauvé que le lendemain, et il le fut encore par Mistain, qui le pilota fort heureusement à travers les récifs. Il prenait déjà onze pieds d'eau, et il était perdu lorsque Mistain réussit à l'atteindre.

7. En 1593 le fort de Fécamp fut pris par le maréchal de Biron. Bois-Rosé, officier de cœur et de tête, voyant les calvinistes accablés de cette perte, conçut le dessein de rendre la place à son parti. Cet acte de bravoure mérite d'être rapporté en détail.

Le côté du fort qui donne sur la mer est un rocher de six cents pieds de haut, coupé en précipices. La mer en lave continuellement la base à la hauteur d'environ douze pieds, à l'exception de quatre ou cinq jours de l'année où la mer le laisse à sec trois ou quatre heures. Bois-Rosé, à qui toute autre voie était fermée pour surprendre une garnison attentive à la défense d'une place nouvellement prise, ne douta point que, s'il pouvait aborder par cet endroit regardé comme inaccessible, il ne vînt à bout de son dessein; il ne s'agissait plus que de rendre la chose possible. Il avait gagné pour cet effet deux soldats de la garnison, et l'un d'eux se tenait tout le temps de la basse marée sur le haut du rocher, où il attendait le signal convenu. Bois-Rosé, ayant pris le temps d'une nuit fort obscure, aborde au pied du rocher avec cinquante hommes choisis et deux chaloupes. Il s'était muni d'un gros cable, égal en longueur à la hauteur du roc, et il avait fait de distance en distance des nœuds et passé de courts bâtons pour appuyer les pieds et les mains. Le soldat qui se tient en faction n'a pas plus tôt reçu le signal qu'il jette du haut du précipice un cordeau auquel ceux d'en bas lient le câble, qui est guindé en haut par ce moyen et attaché à l'entre-deux d'une embrasure avec un fort levier passé par une agrafe de fer préparée pour cet objet. Bois-Rosé fait prendre les devants à deux sergents dont il connaît la résolution, et ordonne aux cinquante soldats de s'attacher de même à cette espèce d'échelle, les armes liées autour de leur corps, et de suivre à la file. Il se met lui-même le dernier de tous, pour ôter à ceux qui pourraient être tentés d'être lâches tout espoir de retour. La chose devient d'ailleurs bientôt impossible, car avant qu'ils soient seulement à moitié chemin la marée, qui a monté de plus de six pieds, a emporté les chaloupes et fait flotter le câble. Ainsi ces cinquante hommes demeurent suspendus entre le ciel et la terre au milieu des ténèbres, ne tenant qu'à une machine si peu sûre qu'un léger défaut de précaution, la trahison d'un soldat mercenaire ou la moindre peur pouvait les précipiter dans les abîmes de la mer, ou les écraser sur les rochers; qu'on y joigne le bruit des vagues, la hauteur du rocher, la lassitude et l'épuisement; il y avait dans tout cela de quoi faire tourner la tête au plus brave de la troupe. Elle commença en effet à tourner à celui-là même qui la conduisait. Ce sergent dit à ceux qui le suivaient qu'il ne pouvait plus monter et que le cœur lui défaillait. Bois-Rosé, à qui ce discours était passé de bouche en bouche, et qui s'en apercevait parce qu'on n'avançait plus, prend son parti sans balancer : il passe sur le corps des cinquante qui le précèdent, en les avertissant de se tenir fermes, et arrive jusqu'au premier, qu'il essaie d'abord de ranimer. Voyant qu'il ne pouvait en venir à bout par la douceur, il l'oblige à monter, le poignard dans les reins. Enfin, avec toute la peine et le travail qu'on s'imagine, la troupe se trouve au haut du rocher avant la pointe du jour, et est introduite par les deux soldats dans le château, où elle commence à massacrer sans miséricorde le corps de garde et les sentinelles. Le sommeil livra presque tout le reste de la garnison à l'ennemi, qui fit main base sur tout ce qui résista, et s'empara du fort.

AMOUR DU PROCHAIN.

1. L'abbé de L'Epée, ayant été appelé un jour par une affaire chez une dame, remarqua dans cette maison deux jeunes filles dont l'air de candeur et de modestie le toucha sensiblement. Mais bientôt il eut lieu de s'étonner de leur silence, qu'il avait attribué d'abord à une timidité naturelle. De quelle pitié ne fut-il pas saisi lorsqu'il apprit que ces infortunées étaient sourdes-muettes de naissance, et qu'isolées au milieu de leurs semblables elles étaient éternellement privées du plaisir de communiquer leurs pensées! C'est alors que l'abbé de L'Epée conçut le projet d'une méthode d'instruction pour les sourds-muets de naissance. Il trouva le secret de pénétrer jusqu'à leur intelligence au moyen d'un langage de signes, et fonda cet établissement immortel où les sourds-muets reçoivent une instruction aussi solide que variée. L'abbé de L'Epée, soutenu par la plus ardente charité, consacra à cette œuvre de bienfaisance toute sa fortune, et rendit ainsi à la société une foule de malheureux qui semblaient en être séparés pour toujours.

2. Pendant la minorité de Louis XIV le sort

des enfants trouvés était encore bien déplorable; on les exposait à la porte des églises ou dans les places publiques, et la plupart périssaient faute de secours. Un pauvre prêtre résolut d'ouvrir à tant de malheureux un asile, et de donner des mères à ceux que les leurs délaissaient. Ce prêtre, c'est Vincent de Paul, que l'Eglise a mis au nombre de ses saints. Aidé de quelques personnes pieuses, il loua une maison près de la porte Saint-Victor. On n'y reçut d'abord que douze enfants trouvés; mais en 1648 Vincent de Paul, dans une assemblée de charité où se trouvaient les plus nobles dames, s'exprima avec tant de chaleur et fit un tableau si pathétique du malheur de ses enfants d'adoption qu'il électrisa tous les cœurs; le vénérable ministre recueillit d'abondantes aumônes, et l'établissement qu'il avait fondé fut dès lors à l'abri de toutes les vicissitudes. Il existe encore et fait l'admiration des étrangers qui visitent la capitale.

3. L'amour du prochain est de tous les âges et de toutes les conditions. Le 26 mars 1836, à cinq heures et demie du soir, Eugénie Perrault, jolie petite fille de sept ans, avec son petit panier au bras, rentrait de son école chez ses parents : la journée avait été affreuse. Des décombres d'un bâtiment de l'Hôtel-Dieu sort une autre petite fille de huit ans, de figure agréable, transie de froid et mouillée jusqu'aux os. « Mademoiselle, auriez-vous un peu de pain? j'ai bien faim. — Oh! mon Dieu, oui, j'en ai, répond Eugénie. Tenez, ma petite, en voilà. Mais comme vous êtes mouillée! — Je suis là depuis long-temps. Mon papa m'a amenée de la campagne à Paris : il m'a dit de l'attendre à la porte d'un marchand de vins; mais il est sorti

par une autre porte sans venir me reprendre. — Vous n'avez donc pas de maman? — Elle est morte. — Avez-vous des petits frères, des petites sœurs? — Nous sommes sept. — Eh bien! venez avec moi; j'ai une bonne maman, elle vous donnera à manger, elle vous couchera; vous serez ma petite sœur. »

Et cet ange de prendre aussitôt la petite fille par la main et de l'emmener avec elle. « Tiens, maman; voilà une pauvre petite que son père a abandonnée. Tu la garderas, pas vrai, maman? Tu sais bien que dans la fable de *l'Enfant abandonné* le bon Dieu dit qu'il bénira ceux qui en prendront soin : le bon Dieu te bénira. »

Sur la recommandation d'Eugenie l'orpheline a été sur-le-champ habillée et traitée comme l'enfant de la maison, où elle est maintenant.

Quel est donc le père de cette Eugénie qui, dans un âge aussi tendre, est si bienfaisante et si sensible? C'est un honnête et simple ouvrier fondeur en caractères.

Une jeune princesse, informée de ce trait charmant, a sur-le-champ fait porter à la famille des marques de sa bienfaisance.

FIN.

TABLE DES MATIÈRES

CONTENUES DANS LA PETITE MORALE EN ACTION.

A.

B.

C.

D.

E.

FIN DE LA TABLE.

PETITE BIBLIOTHÈQUE

DES ÉCOLES PRIMAIRES.

2e SÉRIE. — 10 VOL. DE 72 PAGES CHACUN.

Prix de chaque volume broché, 4 sous;

et cartonné, 5 sous.

1°. *Premier livre de lecture* à l'usage des écoles primaires.
2°. *Petite civilité chrétienne* ou *Règles de la bienséance.*
3°. *Petit livre de prières* à l'usage des écoles primaires catholiques.
4°. *Premières connaissances*, par Théodore Soulice.
5°. *Éléments de chronologie*, par le même.
6°. *Beaux traits de vertu et de courage* qui ont mérité à leurs auteurs les prix Monthion.
7°. *Histoire du petit Jack*, traduit de l'anglais.
8°. *La science du bonhomme Richard et autres opuscules* de Franklin.
9°. *Petite morale en action.*
10°. *Histoires tirées de la Bible et de l'Evangile.*

www.ingramcontent.com/pod-product-compliance
Ingram Content Group UK Ltd.
Pitfield, Milton Keynes, MK11 3LW, UK
UKHW020415230726
13925UKWH00004B/1432

9 782014 064452